AFGESCHREVEN

BROEDERLAND

Ander werk van Matti Rönkä

Grensgeval (literaire thriller, 2010)

MATTI RÖNKÄ

Broederland

Vertaald door Annemarie Raas

AMSTERDAM · ANTWERPEN
2011

Dit boek is uitgegeven met financiële hulp
van FILI – Finish Literature Exchange.

Q is een imprint van Em. Querido's Uitgeverij BV, Amsterdam

Oorspronkelijke titel *Hyvä veli, paha veli*
Copyright © 2003 Matti Rönkä
Published in agreement with Stilton Literary Agency
Copyright translation © 2011 Annemarie Raas
via het Scandinavisch Vertaal- en Informatiebureau Nederland /
Em. Querido's Uitgeverij BV, Singel 262, 1016 AC Amsterdam

Omslag Monique Gelissen
Omslagbeeld Jani Blommendahl/Gummerus

ISBN 978 90 214 3956 3 / NUR 305
www.uitgeverijQ.nl

Vuosaari 01:42

De sneeuwvlok was mooi en volmaakt; waarschijnlijk zijn ze dat altijd. Hij zweefde vanuit de blauwzwarte hemel naar beneden, naar het licht en naar het oog van de jongen. De jongen lag half op zijn zij, met zijn ene arm achter zijn rug, zodanig dat zijn schouders de grond raakten en zijn gezicht recht omhoog de nacht in keek. Een paar tellen eerder zou hij nog met zijn ogen hebben geknipperd, maar nu bleven ze dicht.

Er viel nog meer sneeuw, zachtjes, en al snel was de warmte die de jongen afgaf niet meer voldoende om de vlokken te smelten. De schoenen, de benen, het lichaam dat in een jas was gehuld, vervolgens het donkerharige hoofd, de hele jongen, de mens, werd langzaam maar zeker door een wit kleed bedekt. Daar waar blote huid zichtbaar was, kristalliseerden de waterdruppels weer tot ijs. De neerdalende vlokken voegden zich samen tot een dichte sluier; de jongen veranderde in een sneeuwbank.

Ook de jongen was aan de buitenkant mooi en volmaakt, ongeschonden. Maar vanbinnen was hij al kapot. Hij was dood. Ergens was er een moeder die haar kind had verloren.

5

Vuosaari 15:30

Petteri Muukkonen reed op de Bobcat. Hij zorgde ervoor dat het toerental van de motor gelijk bleef, dicht bij het grootste draaimoment, en stuurde de bewegingen behendig met de twee knuppels en de pedalen. De kleine graafmachine draaide bijna om zijn as, schoot opnieuw op een paar sneeuwbanken af en tilde grote bevroren brokken op de laadbak van een vrachtwagen. De speeltoestellen die op het krap bemeten terrein stonden werden daarbij niet beschadigd, en ook de auto's op de parkeerplaats kwamen er zonder krassen vanaf.

Petteri werd al een paar jaar door onderhoudsdienst Best-Service voor dit werk betaald, niet veel maar wel conform de wet en de arbeidsvoorwaarden. Op de dag waarop hij zijn loon ontving liet hij altijd even zijn afkeuring blijken over het lage bedrag, dan mopperde hij samen met de anderen manhaftig over het rotwerk dat ze deden en schopte hij tegen de grijper en de dikke banden van de Bobcat.

Maar zodra hij dat gedaan had, wilde hij hem wel aaien en om vergiffenis vragen, want het leek wel of de kleine machine hem met een treurig gezicht aankeek. En Petteri streelde hem dan. Hij hield hem schoon, repareerde de gescheurde zitting met stevig zwart draad zodat de scheur bijna niet meer te zien was en installeerde een Japanse audioset met cd-speler en te grote luidsprekers in de cabine; de bassen dreunden boven het geluid van de motor uit, boem-boe-boem-boem. Hij ververste de olie en wisselde de filters al voordat de aanbevolen gebruikstermijn was verstreken, en luisterde naar het klepmechanisme en het geknars van de lagers van de lader zoals een kersverse moeder naar het hoestje van haar baby. Hij vond het ronduit vervelend de Bobcat in de loods te moeten achterlaten wanneer hij de dag erna vrij had. Of nog erger, als de graafmachine ergens op een onbewaakte parkeerplaats moest blijven staan, waar hij slachtoffer kon worden van vandalisme. Het deed hem pijn als iemand anders de Bobcat reed en er ruw mee omging en de motor liet janken.

Petteri reed keurig het terrein van de woningbouwcorporatie in Vuosaari af; het aan de voorzijde gelegen plantsoentje werd ook door Best-Service schoongehouden. Twee vrachtwagens brachten om beurten grote ladingen sneeuw weg. De Volvo was net helemaal volgeladen, de Scania was nog onderweg. Petteri herinnerde zich hoe Tolonen, het hoofd van de afdeling vastgoedonderhoud, een tijdje naar hem had staan kijken terwijl hij aan het werk was, en hardop zijn bewondering had uitgesproken; hij had gezegd dat als het een competitiesport was, Muukkonen zonder meer de nationale selectie zou halen. 's Avonds, voordat hij in slaap viel, fantaseerde Petteri dan ook wel eens over een Bobcat Grand Prix, met eerst een aantal regionale wedstrijden, gevolgd door het nationale kampioenschap en uiteindelijk wellicht ook iets internationaals, hoewel de omstandigheden per land natuurlijk anders waren. Sneeuwruimen kunnen we in Finland goed, maar hoe zouden we ons met grind of zand redden, mijmerde Petteri dan.

Hij zat in de warme, krappe cabine van de graafmachine en wachtte, maar de blauwe Scania was nergens te zien. Terzijde van de sneeuwhoop zag hij iets donkers, en hij vermoedde dat het een plastic tas was, of een sjaal die door iemand was verloren. Hij zou het ding eens oppakken met de grijper van de Bobcat, alsof het een vaardigheidstest tijdens een wedstrijd betrof. *En dan nu,* next, *Petteri M-u-u-u-u-k-k-o-n-en, from Finland...*

Vuosaari 17:25

Ook de politie en de patholoog waren nadien vol lof over de vaardigheden van Petteri Muukkonen. Het lichaam van de jonge man die onder de sneeuw verborgen had gelegen was nog keurig intact, aangezien Petteri de grijper uiterst voorzichtig en nauwgezet had bewogen om de tas of het kledingstuk op te pakken. Hij deed het bijna teder, alsof er een rode waarschuwingssticker op het pakje had gezeten met de tekst BREEKBAAR. De chauffeur van de Scania die was teruggekeerd om weer een lading sneeuw op te halen, had de politie gebeld. Petteri had met behulp van de Bobcat het onbekende voorwerp van sneeuw ontdaan, maar was daarna hulpeloos naast zijn machine blijven staan, dralend, omdat hij niet echt op de bundel af durfde te stappen, die duidelijk een menselijke gestalte had. De agenten veegden het reeds verstijfde lichaam nog wat verder schoon; de resterende sneeuw smolt in de lijkenzak en druppelde vervolgens in de vorm van water op de obductietafel, om uiteindelijk in het riool te verdwijnen.

De sectie zou te zijner tijd bevestigen wat de politie ter plaatse al had vastgesteld: het lichaam van de jongen vertoonde geen blauwe plekken of sporen van geweld. Op zijn gezicht lag een uitdrukking van onschuld, alsof hij rustig in slaap was gevallen; hij keek alleen een beetje verbaasd, en in zijn zakken troffen ze twee injectiespuiten aan en een klein, onopvallend plastic zakje met wit poeder erin.

Nadat de lijkwagen was vertrokken, banjerden Husso en Tissari van de afdeling geweldsdelicten nog een tijdje plichtsgetrouw tussen de ijsbrokken door. Ze wierpen een blik op de schemerige binnenplaats, liepen langzaam en op één lijn van de

9

ene kant naar de andere en tuurden in het licht van hun zaklamp naar de grond.

'Ik denk dat we deze wel kunnen afvinken, lijkt me een uitgemaakte zaak, overduidelijk waar het hier om gaat,' zei Husso gekunsteld. Hij had de gewoonte de films en tv-series te citeren die zijn kinderen tot uit den treuren opnieuw bekeken. Tissari ergerde zich aan die citaten, en ook aan het onophoudelijke gebabbel van zijn collega en diens dialect, dat net iets te overdreven klonk. Tissari was al bezig een prozaïsche reactie te formuleren, maar slikte die in toen hij een man zag die, keurig gekleed in een blauwe ulster en met een gele sjaal om zijn hals, glibberend door het plantsoen kwam aangelopen.

'Kijk nou, het dynamische duo Hussein en Trassi, of nee, Husky en Tarzan, of hoe was het ook alweer,' begon de man. 'O, het lijk is al weg. Ik heb wat lopen ronddolen, Vuosaari is nog erger dan Mogadishu tegenwoordig,' ging hij verder en hij liet zijn woorden volgen door gefluit.

'Nee maar, nee maar, het is de meester zelve,' zei Husso verheugd. 'Dit is inderdaad meer iets voor de jongens van narcotica dan voor ons. Al was het vast een ongelukje, een overdosis...'

'Weten we hoe ie heet?' onderbrak de man Husso's beginnende woordenstroom en zijn eigen gefluit. Tissari kon de melodie nog net herkennen, het was die van *O, ik jammerlijke vagebond*, maar tegelijkertijd ging de man al op een ander deuntje over.

'Hij had wat papieren op zak ja, en zijn familie heeft het al bevestigd. Wat was het ook alweer... o ja, niet Minimainen maar Maksimainen, Jevgeni,' zei Husso terwijl hij door zijn notitieblokje bladerde. 'Schijnt ook eentje van die Ingrische kliek te zijn.'

'Wel godverdomme!' vloekte de man in de blauwe ulster meteen. Tissari verwachtte dat hij direct weer verder zou gaan met zijn deuntje, maar hij blies alleen maar en hield daarbij zijn lippen sierlijk getuit, alsof hij op een fluit speelde. 'Ik voelde het aan m'n water. Dat is al de vierde uit diezelfde kringen.'

De man vouwde zijn handen op zijn rug en wiegde wat heen en weer, keek naar de grond en neuriede iets. Tissari kreeg het koud toen hij de tekst hoorde: *Het geluk komt en het geluk gaat, maar weet dat God de Vader je nooit verlaat.*

'En het thuisfront is al ingelicht?' vroeg de man, maar op hetzelfde moment draaide hij zich om en liep hij weg, zonder afscheid te nemen.

Tissari keek zijn partner verbaasd aan.

'Ach, je kende Korhonen nog niet? Nou ja, die is af en toe een beetje eigenaardig,' zei Husso bijna verontschuldigend. 'Hij gaat nogal veel met remigranten en drugsverslaafden om. Misschien werkt ie al te lang bij de afdeling georganiseerde misdaad en recidive.'

I

Jij bent het naar wie mijn hart zo hunkert,
jouw nabijheid zoekt mijn geest.
Alleen daarom, dat verlangen,
zijn mijn tranen steeds geweest.

Vers 600

Een

De mannen van de centrale recherche waren me net zo welkom als het geklingel van een ijscokarretje na een nacht stevig zuipen. Ik kwam net terug van de bouwplaats en zag dat ze voor mijn huis zaten te wachten in een Opel met een vreemde paarsblauwe kleur. De wagen blokkeerde het nauwe weggetje. Ik wrong mijn Toyota-bestelbusje in een gaatje vlak voor de trap bij de voordeur. De mannen stapten de auto uit. Ik probeerde mezelf voor te houden dat mijn bezigheden van de afgelopen tijd het daglicht probleemloos konden verdragen. Of bijna althans.

'Viktor Kärppä?' vroegen ze op een veronderstellend, telemarketingachtig toontje, hoewel ze heel goed wisten wie ik was. Ze waren even groot en leken op elkaar; de een droeg een lichtgekleurd stoffen windjack, de ander een bruine leren jas. Ze stelden zich voor en drongen zich toen langs mij heen mijn huisje in. Ik besloot niet te jammeren om een huiszoekingsbevel maar verzocht ze vriendelijk binnen te komen; ik stond echter tegen hun rug te lullen, want de heren waren al in de keuken.

'Dus... waarmee kan ik u van dienst zijn?' vroeg ik toen ik zelf ook binnen was. De agenten keken schaamteloos in de papieren die op tafel lagen en liepen van de ene kamer naar de andere. Vanuit de deuropening kon ik zien dat ze boeken van de planken pakten en kastdeurtjes openmaakten.

'Van dienst zijn? Moet je horen, die Rus spreekt onze taal al helemaal beschaafd,' zei de leren jas; het klonk meer als een verwonderde constatering dan als een sneer. Hij kwakte het boek dat hij aan het doorbladeren was ongelezen aan de kant en ging voor me staan. Vermoedelijk had hij die beweging al vele malen in de fitnessruimte geoefend, terwijl hij vastberaden van het

15

ene toestel naar het andere liep, onderwijl in de wandspiegels naar zijn trillende borstspieren kijkend.

'We weten dat je goede banden hebt met de narcoticabrigade van Helsinki en dat je ook bescherming geniet van die kant, maar wij zijn dus van de centrale recherche, en zoals Peter von Bagh zou zeggen: "Het script van deze film gaat de realiteit te boven."'

De leren jas pauzeerde theatraal en wreef in zijn nek, alsof hij daar spieren had verrekt tijdens een *lat pulley*. 'Goed... laten we het gewoon eens hebben over de hormonen die je al sinds jaren aan de Finse nationale langlaufselectie levert,' zei hij, iets vriendelijker nu.

Ik staarde de man wezenloos aan en probeerde mezelf voor te houden dat ik groter en sterker en ouder was dan hij en dat er niets aan de hand was. Maar ik wist dat ik diep in de donkerbruine stront zat.

De jongens van de centrale recherche deelden mee dat ze me meenamen naar het bureau in Tikkurila voor verhoor. Ik mompelde instemmend: 'Wat kan een mens nog meer willen op zo'n mooie lenteavond; wageffe, laat me de videorecorder even aanzetten voor *Sesamstraat* en het journaal.' De leren jas moest glimlachen, maar de man in het windjack hield zijn norse houding vol.

Ik draaide de deur van mijn huisje op slot en probeerde een welwillende en behulpzame indruk te maken. Ik stelde voor langs mijn kantoor in Hakaniemi te rijden, zodat ik wat papieren kon ophalen die ik nog had uit de tijd dat ik karweitjes voor de Langlaufbond had gedaan. Het leek me zinloos feiten te ontkennen die heel gemakkelijk te verifiëren waren; in de boekhouding van de bond zouden ze een groot aantal betalingsbewijzen aantreffen die als ontvanger Viktor Kärppä of VK-Easttrading of Hakaniemi Balticum Support vermeldden, allemaal ondernemingen van mij die ook op mijn naam in het handelsregister stonden.

Ik zat op de achterbank van de Opel en bedankte de heren voor de toeristische rondrit terwijl we langs wetenschapscentrum Heureka naar Jokiniemi reden. De chauffeur keek mij via de achteruitkijkspiegel aan maar zei niets. Het hoofdkwartier van de centrale recherche lag eenzaam op een uitgestrekte vlakte, een somber gebouw van donkere steen en lichter gekleurd beton. De weg ernaartoe maakte vreemd genoeg een haarspeldbocht. De agenten parkeerden de Opel in een vak dat was gemarkeerd met een bordje met de tekst GERESERVEERD, en begeleidden me via een soort gevangenismuur met blauwgrijze deuren naar binnen.

De verhoorkamer zag eruit als een normaal kantoor dat voor de gelegenheid was leeggehaald om als vergaderruimte te dienen. De tafel had een gelamineerd blad met een houtpatroon, de stoelen pasten niet bij elkaar. Een tijd lang zat ik te wachten. Ik ging ervan uit dat ze dat standaard deden, als tactiek om de mensen murw te maken, maar de iets te zware agent van mijn leeftijd die uiteindelijk kwam binnendenderen stelde zich voor als inspecteur Sahlgren en bood oprecht zijn verontschuldigingen aan voor het oponthoud.

Sahlgren begon vragen te stellen, ik gaf antwoord. Op sommige momenten werd hij ongeduldig, dan kwam hij al met zijn volgende vraag voordat ik mijn zin had afgerond; dan weer zat hij naar zijn papieren en naar de tafel en de wand te staren en kreunde hij wat in zichzelf. Ik had tijd voor mijn eigen herinneringen en glimlachte in stilte toen ik dacht aan de speciale training die ik in het leger had gehad, met de bijbehorende overlevingsstrategieën en verhoortechnieken waarmee standvastigheid en volharding werden getest.

Ik zette weer een neutraal gezicht op en herinnerde mezelf eraan dat dit verhoor niet mijn grootste probleem was; ik hoefde me niet af te vragen hoe ik slaapgebrek of kou moest overleven, of duisternis die werd afgewisseld met felle lichtstralen, of steeds sterker wordende elektrische schokken. Mijn grootste zorg was dat ik in het dagelijks leven wellicht dag en nacht geobserveerd zou worden, wat de doodsteek zou zijn voor mijn zakelijke activiteiten.

En dus verhaalde ik uitgebreid over mijn werkzaamheden voor de Langlaufbond. Ik vertelde hoe Finse langlaufers regelmatig voor wedstrijden in Kaukolovo verbleven, hoe de Russen naar de Salpausselkä en de Puijo-heuvel bij Kuopio kwamen en hoe trainers en sportmanagers elkaar op seminars ontmoetten. En toen er in Helsinki een ex-langlaufer bleek te wonen die zowel Fins als Russisch sprak en die in Leningrad aan de sportacademie was afgestudeerd, tja, toen stroomde het werk als tolk en adviseur natuurlijk binnen.

Ongevraagd vertelde ik dat ik de afgelopen paar jaar zelfs geen vertaalwerk meer had verricht voor de Langlaufbond. Er was geen vraag naar geweest, en ik had mezelf niet opgedrongen. Ik deed mijn best niet al te heilig te kijken, maar vertrouwde er in plaats daarvan op dat ik gewoon een serieuze indruk maakte. Ik vertelde wel dat ik Kyrö en Vähäsöyrinki en een groot aantal andere trainers en langlaufers had ontmoet; de meesten kende ik nog uit de jaren tachtig, toen ik als lid van de B-selectie van de Sovjet-Unie zelf aan een paar internationale wedstrijden had meegedaan en daarbij met Finse langlaufers had kennisgemaakt.

Sahlgren hing onderuitgezakt in zijn stoel; zijn gebloemde stropdas balanceerde op de grens van smakeloos en moedig, zijn buik welfde over zijn broekriem. De inspecteur zag eruit als een professional, als een intelligente man zelfs. Toch vertelde ik hem niet hoe het voelde wanneer de Finse langlaufers je achter je rug om een domme Rus noemden, of je teamgenoten matroesjka's, of wanneer ze je hun blikjes met restjes smeervet cadeau deden als waren het afdankertjes voor een kansarm neefje. Ik vertelde niet hoe het voelde wanneer ze weer eens grinnikten dat langlaufen zo'n fijne sport was omdat je nooit negers tegenkwam op de loipe. Ik had alleen maar geglimlacht, geprobeerd mee te ouwehoeren en net zo Fins te zijn als zij, ook al stond er cccp op mijn rug en werd ik geplaagd – zodanig dat het bijna pijn deed – door het besef dat er iets heel erg fout zat hier.

Dat vertelde ik allemaal niet, maar verder liet ik precies genoeg doorschemeren aan Sahlgren; ik liet mijn stem zakken en keek om me heen alsof ik bang was dat we werden afgeluisterd, hoewel het verhoor natuurlijk sowieso werd opgenomen.

Ik biechtte op dat ook mijn lijf ongetwijfeld was gebruikt voor experimenten met hormonen, die vermengd werden met voedingssupplementen. Ik haalde herinneringen op aan een periode waarin ik aan krachttraining deed en waarbij de gewichten iedere dag lichter leken te worden; ik kreeg allemaal pukkels op mijn bovenbenen en alleen al bij het zien van de struise kokkin kreeg ik een knalharde erectie die maar niet wilde afzakken. 'En ik weet dat mijn ex-zakenpartner Rysjkov... goh ja, wijlen Rysjkov; die heeft ongetwijfeld hormonen aan fitnesscentra geleverd. Maar ik heb die niet gesmokkeld, althans niet voor zover ik weet, niet voor de langlaufers of voor anderen. En die gasten kwamen ook niet naar mij toe voor hormonen, vroegen me zelfs niet om als tussenpersoon op te treden.'

'Nog even en je gaat zitten ontkennen dat je lichaam zelf testosteron aanmaakt,' glimlachte Sahlgren, maar toen werd hij weer serieus; hij pakte een A4'tje van tafel en wapperde ermee. 'Verder een leuk verhaal, maar dit hier ontbreekt. Zo'n soort... farmacologisch programma,' spiekte hij op het blaadje. 'Als ik het ook maar een klein beetje heb begrepen, is dit niets minder dan een lijst met richtlijnen over het gebruik van groeihormonen. Dit zit tussen jouw papieren, is gericht aan de Langlaufbond, met stempels en nummers en handtekeningen van de Russen en al.'

Ik slikte eens en vervloekte mijn zorgvuldigheid; waarom moest ik in godsnaam ook altijd alles bewaren.

Meestal voelde ik me prettig wanneer ik thuiskwam. Ik kon de deur achter me dichttrekken, de buizen van mijn Rigonda Bolsjoi-stereo-installatie laten opgloeien zodat ze met een mooi rond geluid begonnen te gonzen, en de ademhaling van het oude houten huis tot me laten doordringen. Het interesseerde me niet dat het 's winters koud was in alle hoeken en dat het leek te waaien vlak boven de vloer, of dat de deurkozijnen wellicht scheef zouden blijken als je er een waterpas tegenaan hield.

De leren jas en het windjack brachten me na het verhoor naar huis. Ik zat zwijgend op de achterbank, en bij de huisdeur bedankte ik voor de rit. De agenten staarden voor zich uit en gromden: 'Tot ziens.'

Thuis en thuis.

Uiteraard dacht ik bij het woord 'thuis' meteen aan Sortavala, aan het huis daarginds, met de gordijntjes en de bontgestreepte vloerkleden en de linnen tafelkleden en de warmte van het fornuis. En aan vaders foto op tafel en aan moeder die druk in de weer was. Het tafereel deed bijna pijn, ik durfde er niet goed naar te kijken en eraan te denken. Al mijn andere onderkomens had ik alleen maar 'mijn woning' of 'mijn hok' genoemd. Nu pas besefte ik dat na moeders dood ook Sortavala in mijn gedachten 'buitenland' was geworden, en dat mijn thuis daar mijn voormalige thuis was, het huis waar ik was opgegroeid. Een gedenkplaat aan de muur: Viktor Kärppä woonde hier.

Ik bracht op de computer een internetverbinding tot stand en wierp een blik op mijn e-mail. *Geen nieuwe berichten.* Ik las opnieuw Marja's laatste mailtje, herhaalde de aardige woorden, al realiseerde ik me dat het er te weinig waren.

from: "marja takala" < marjataka@hotmail.com>
to: vkarppa@jippii.fi
subject: hier ben ik dan

He schatje,

Sorry, sorry, dat ik nog niet echt heb gereageerd. Ik las in je mail dat je je al geergerd afvroeg waar ik was. (Sorry, dit is een Amerikaanse computer, zonder van die puntjes.)
Ik ben druk bezig geweest allerlei praktische dingetjes te regelen. Mijn kamer is prima en schoon en er is voor studenten heel veel te doen, culturele activiteiten en zo. Eens kijken wat er van de studie zelf terechtkomt. Ik heb les in onderzoeksmethodologie voor sociologie – droog maar nuttig – etnomusicologie, feministisch filmonderzoek, Spaans... Ik zie wel wat ik in de tijd dat ik hier ben kan doen en bereiken. Want natuurlijk moet

*ik ook een beetje rondreizen en wat van Amerika zelf
zien. Komend weekend gaan we met de auto naar een
reservaat van Navajo-indianen. Dat is zo'n woestijn
zoals je ze in wildwestfilms ziet, met cactussen, zand en
rotsen. En ook de Grand Canyon ligt maar op een dag
rijden hiervandaan, al zeggen zij die het kunnen weten
wel dat het de moeite waard is daar te overnachten en
rond te trekken en er de tijd voor te nemen.
Ik kon uit je mails proeven dat je tamelijk somber
gestemd bent. En als je een beetje nadenkt en zelf de
verantwoordelijkheid neemt voor je gevoelens, besef je
dat ik daar niet in mee kan gaan hier. Het zit in jouw
hoofd. Begrijp dat nou, Viktor lieverd.
Ik ben hier niet om een nieuwe 'menselijke relatie' of
spanning te zoeken. Ik heb ook verder in het leven
geen geheime tactieken of plannen, ik neem iedere dag
zoals hij zich aandient en verheug me wanneer hij iets
interessants te bieden heeft. Daar is toch niets mis mee
of verkeerds aan?
Je blijft in mijn gedachten. Dat is waar. Maar het is ook
een feit dat onze relatie leeft en verandert, dat zou ook
het geval zijn indien ik nog in Helsinki was.
Tot schrijfs, wanneer we de tijd hebben.*

*Doei schatje,
Hartelijke groeten, Marjoesjka*

Godskolere, ik had de pest in. 'Doei' en 'hartelijke groeten'.
Godverdegodverdegodver.

Ik zat in mijn favoriete stoel en staarde naar concurrerende
homeshoppingkanalen die wondertoestellen verkochten waar je
supergespierd van werd. Ik twijfelde of ik mezelf verder in het
moeras van somberheid zou laten zinken met behulp van een
fles wodka of mijn droefheid zou uitdiepen met Armeense bran-
dy. De telefoon rukte me los uit die poel van zelfmedelijden.

Ik hoorde een vertrouwde, metaalachtig klinkende echo, ge-
kraak en gekras, en ging ervan uit dat het gesprek in Rusland

tot stand kwam. Ik riep een veeltalig 'hallo', met verschillende klemtonen. Ineens werd het geluid helder.

'*Brat*? Broertje, Vitja, Vitoesja,' hoorde ik Aleksejs vriendelijke stem zeggen. 'Hoe gaat het? Je sliep toch nog niet, dat je nu pas opneemt?' vroeg hij.

Nog voordat ik kon antwoorden, ging hij verder, vol ongeduld: 'Ik kom naar Finland, heb nu alle vergunningen. Nog even op een paar stempels en *pumaga's* wachten. Weet je wat? *Ik ben een Fin...*' zong hij in de telefoon.

'Wat leuk, wat leuk,' wist ik uit te brengen, maar wat ik dacht was: ook dat nog.

Twee

Het pand aan de Eerikinkatu werd opnieuw opgebouwd, van de grond af aan. De kelder werd uitgegraven voor een garage en de zolderverdieping ingedeeld in appartementen. De tussenliggende etages waren bestemd voor winkels en kantoren. De bijna intacte façade was niet meer dan een coulisse. Erachter was alleen maar leegte: een dragende constructie, aluminium steigers en ladders, stroomkabels die de elektriciteit verdeelden over de verschillende machines en slangen die water toevoerden en weer afvoerden in het riool, via open putten. Je had het bouwterrein kunnen gebruiken om de vitale functies van de mens driedimensionaal weer te geven. De stroomkabels, waterslangen, persluchtleidingen en warmeluchtblazers waren de bloedvaten, darmen en organen in de anatomie van de bouwplaats.

Ik was bezig de beplanking van de betongietmallen te verwijderen. Met een koevoet trok ik de krakende planken los; ik sloeg de balken met zo'n geweld van elkaar af dat ze echoden, en smeet hout waar betonspetters op zaten op een hoop.

We waren met een man of tien aan het werk. Vijf ervan waren van mijn ploeg. Soelev uit Estland fungeerde als een soort voorman, de anderen waren remigranten, mannen van middelbare leeftijd die graag de handen uit de mouwen staken. Ik had ervoor gezorgd dat onze ploeg de laatste schakel in de keten van onderaannemers was. Op het aanplakbord bij de ingang van het bouwterrein stond ES RenovatieKampioenen als hoofdaannemer vermeld, maar achter de façade van het gebouw waren mensen van zeker zes à zeven verschillende bedrijfjes aan het werk, plus nog een aantal zonder werkgever.

Mijn makker Antti Kiuru hielp me bij het afbreken van de beplanking; hij trok een paar schotten los en mopperde. Het was altijd of te koud of te heet, zelf zou hij zijn hond nog niet op zo'n plek en bij zulk weer neerzetten, de planken en de balken en de latten en de koevoeten waren allemaal waardeloos en hij was kwaad op de spijkers, die veel te vast zaten. Hij gaf hoog op van andere bouwplaatsen waar hij had gewerkt, in Kerava en Nummela en Porvoo en eigenlijk overal behalve hier en onder leiding van deze aannemer.

Niet dat Kiuru's overall veel zweetplekken vertoonde, ook al had hij een warme, uit het sovjettijdperk stammende leren helm op zijn hoofd. Ik maakte me geen zorgen om zijn arbeidsethos; dit was gewoon niet het type werk waarbij zijn vaardigheden uit de verf kwamen. Kiuru kon zelfs de lastigste tekeningen lezen, en bij de renovatie van oude huizen wist of bedacht hij altijd wel een trucje of aanpassing waarmee het gebrek aan gezond verstand van de architect en de dwalingen van de bouwingenieur konden worden gecorrigeerd of omzeild.

Ik glimlachte stiekem om Kiuru's gejammer. Uiteindelijk hoefde hij niet harder te werken voor zijn geld dan was afgesproken: we kregen een uurloon.

Agent Korhonen arriveerde 's middags op het bouwterrein. Hij deed zijn best mannelijk voorwaarts te benen maar kwam niet verder dan wat voorzichtig getrippel, omdat hij zijn glimmende schoenen en zijn chique jas probeerde te beschermen tegen modder en stof.

'We moeten effe babbelen,' zei Korhonen en hij keek om zich heen als stond hij in een restaurant, zoekend naar een gemoedelijk tafeltje in de hoek om aan te gaan zitten, met de krant opengeslagen op tafel, een schnitzel en aardappelschijfjes, biertje erbij.

'Ik heb ook iets waar ik het over wil hebben,' zei ik, tot Korhonens verrassing. 'Laten we even de binnenplaats op lopen, naar de schaftkeet.'

Ik veegde broodkruimels, lege yoghurtbakjes en kartonnen bekertjes van tafel en bood Korhonen thee aan uit de thermosfles. Hij zei dat hij was gestopt met theedrinken en knäckebröd

24

eten toen hij uit dienst kwam en dat hij nog geen spijt had gehad van die beslissing. 'Ik heb sindsdien ook nooit meer in een tent geslapen,' zei hij stoer. 'Dus, je zit in de bouw nu,' begon hij. Hij keek me strak in de ogen en ging verder: 'Ik heb je al enige tijd niet meer vereerd met mijn bezoekjes, maar maak je geen zorgen, ik heb jou wel in de gaten gehouden. Ik weet heel goed dat je nog steeds hand- en spandiensten verricht voor die jeugdvriend van je in Sortavala, die Karpov. Drank en tabak en rubberboten en ander gestolen en nagemaakt spul, op bestelling en bij u thuis afgeleverd.'

Ik wilde hem onderbreken en zeggen dat alle rubberboten uit alle garnizoenen aan deze zijde van de Oeral reeds verkocht waren. Ik had hem ook kunnen vragen hoe de nachtkijker die ik hem voor een zacht prijsje had bezorgd functioneerde, maar vermoedelijk was dit niet het juiste moment voor aftersales.

'En van je belastinggegevens en aandelenportefeuille ben ik eveneens op de hoogte. Ook op de effectenbeurs heb je het beter gedaan dan het gemiddelde van de HEX-index. Je bent echt een fatsoenlijke zakenman geworden, hè?' Korhonen raakte op dreef en verwachtte nog steeds geen commentaar van mijn kant.

'Je bent veranderd... ook van locatie,' siste hij ineens zachtjes en hij keek beschuldigend, als een jaloerse echtgenote die midden in een gesprek over koetjes en kalfjes vraagt of je haar bedriegt.

'Dat appartement in Hakaniemi moest ik verlaten. Ik bewoon nu een oud huisje in Tapanila,' legde ik uit. 'Dat huis heeft geen enkele waarde... Een bevriende bouwondernemer, waar ik wel eens voor heb gewerkt of mensen voor heb laten werken, heeft dat perceel gekocht en wil daar in de toekomst een twee-onder-een-kapwoning of iets dergelijks neerzetten. Maar tot die tijd mag ik er wonen, al meer dan een jaar nu.'

'Dat weet ik,' reageerde Korhonen terwijl hij zijn vingers masseerde. Hij zag er vermoeid uit en zijn gezicht was rood; hij leek ouder en versletener dan de laatste keer dat ik hem had gezien. 'Ik heb je in de gaten gehouden, de hele tijd. Dat is mijn werk. Maar ik heb geen vragen gesteld, omdat er niets te vragen viel.'

Korhonen hief zijn blik naar mij op. 'Maar nu wel. Jij gaat voor mij uitzoeken waar die superheroïne tegenwoordig vandaan komt, Krokodil of Witte Chinees of Dragon Lady – veel verschillende namen maar wel steeds dezelfde shit. Dat spul is dodelijk, vooral voor jouw soort, die Russische blagen. En ik mag het slechte nieuws aan de ouders gaan vertellen.'

Ik probeerde tegen te sputteren, mompelde dat ik me na de dood van Rysjkov wijselijk uit de buurt had gehouden van de spelers uit de zwaarste klasse. Dat was alleen al nodig om zelf in leven te blijven; ik maak liever lange dagen dan dat ik het niet lang meer maak. Korhonen staarde me de hele tijd aan met zijn zware ogen en interesseerde zich geen moer voor wat ik zei. In plaats daarvan bracht hij in herinnering dat ik hem op mijn blote knieën dankbaar mocht zijn, zowel voor het feit dat ik nog in leven was als voor het feit dat ik mijn zakelijke activiteiten kon voortzetten.

'Ik leg het nog één keer goed uit,' ging hij verder. 'De situatie die we hadden was heel redelijk. Door dat gedoe in Afghanistan waren er productieproblemen, en zodoende kwam ook hier minder heroïne aan, die bovendien minder sterk was. Een tijd lang overleed er helemaal niemand aan de spuit. Maar nu komt er nieuw spul, zware, synthetische shit, via een nieuwe route; ergens zitten er een nieuwe producent en een nieuwe tussenpersoon. En die stamgenoten van je zijn daar op een of andere manier bij betrokken; in ieder geval legt de een na de ander het loodje. Dus ga eens op onderzoek, kijk eens rond. En onthoud: *trimethylfentanyl*. Ik kan het wel even voor je opschrijven.'

Korhonen leek geheel in zijn eigen gedachten verzonken; zijn pupillen focusten op een punt ergens in de verte. Hij neuriede iets over een kind dat door het woud liep en een pad dat glad was.

'En er was ook nog iets wat jij met mij wilde bespreken?' zei hij ineens.

Igor Belanov kreeg bijna een hartverzakking toen ik op de parkeerplaats langs de snelweg naar Porvoo arriveerde en ik hem aan Korhonen voorstelde en vertelde dat die van de politie was.

Hij verstijfde als een beginner en nam een totaal verkeerde houding aan. Vermoedelijk vroeg hij zich af hoe snel hij achter het stuur van zijn Samara kon duiken, de motor kon starten en kon wegscheuren in oostelijke richting...

Ik stelde hem gerust, zei dat deze agent zich in feite bijna in ons kamp bevond en er niet in geïnteresseerd was een onbeduidende drank- en tabaksverkoper op te pakken, in ieder geval niet zolang diens klanten nog uit hun ogen konden kijken en de rook die opsteeg uit de peuken die hij verkocht min of meer blauwgrijs van kleur was. Uit de glimlach die op Belanovs gezicht kwam kon ik afleiden dat hij de verkeerde conclusie trok, zodat ik me haastte te zeggen dat het ook weer niet de bedoeling was oom agent een fles wodka of een slof sigaretten cadeau te doen.

Ik tilde de goederen die bestemd waren voor de kofferbak van de Samara uit de laadruimte van het bestelbusje; het bier werd door Belanov onmiddellijk in het bos verstopt. 'In het koelhuis,' grinnikte hij en zijn gouden hoektand blinkte. We telden de euro's en roebels en dollars en waren beiden content. Belanov zou de volgende dag voor een week of wat naar Petrozavodsk afreizen, en zijn neef zou hem in die tijd vervangen en volgens het afgesproken schema verschijnen.

We moesten eerst een stuk verder rijden in de richting van Porvoo voordat we bij de volgende afrit konden omdraaien, terug naar Helsinki. Korhonen zat zwijgend op de passagiersstoel, bijna duttend. Ik snoof om erachter te komen of hij naar drank rook. 'Jeetje, wat ben ik moe,' had hij voorheen gezegd, niet berustend en lusteloos als een man die na het werk naar huis gaat, maar op de een of andere manier een tikje droevig, als iemand die aanvoelt dat hem voorlopig nog geen rust gegund zal worden.

Ik reed Ringweg III op en daarvandaan meteen naar Vaarala, langs de zuivelfabriek van Valio en de als een stuk kaas beschilderde watertoren, dwars door de koekjesgeur van bakkerij Fazerila naar Jakomäki en verder zigzaggend naar Tattarisuo.

De loods was vrij nieuw, met een buitenkant van staalplaat en twee aluminium deuren waar een vrachtwagen net doorheen kon. In Tattarisuo stonden tientallen van dit soort panden, en wat je er nog veel meer zag waren van die oude gewelfde, uit golfplaat opgetrokken hallen, en onoverdekte terreinen vol schroot, waar een bouwkeet of een barak dienstdeed als kantoor. Daar werden oude onderdelen en hout verkocht, auto's gerepareerd, ladders gemaakt, glas gesneden, door onderaannemers stoelleuningen gefabriceerd op draaibanken. Hier werden werkzaamheden uitgevoerd van het type waar geen helpdeskpersoneel voor nodig was.

Ik was samen met mijn zakenpartner en langlaufvriend Karpov uit Sortavala eigenaar van de loods. 'Geloofsgenoten delen immers alles,' lachte hij altijd grootmoedig; hij inventariseerde de spullen die hij in de hal had opgeslagen nooit op de computer. Zijn businessfilosofie was: als er maar genoeg van is, en wanneer de bodem in zicht komt, wordt er nog meer bezorgd. Ik wist dat het geen zin had hem een stapel artikelen uit het *Financieel Dagblad* in handen te drukken over het JIT-principe.

Er was nu behoorlijk wat ruimte vrij in de loods. Korhonen liep rond en wierp een blik op de stellages met Karpovs handelswaar. Ik maakte geen aanstalten om de afgesloten containers voor hem te openen, al zag ik hoe aandachtig hij de stevige sloten bekeek die eraan hingen. Aan mijn kant van de hal lagen voornamelijk bouwmaterialen: Lecatherm-ingots, wc-potten, buitendeuren, kozijnen, ingepakte parketdelen, verschillende lagerbussen en gereedschappen. Ik kocht spullen met kleine gebreken op, foutieve bestellingen, verkeerde afmetingen en restanten – en verkocht die door als iemand iets nodig had. Veel mensen kwamen dan ook eerst naar mij toe en besloten pas hoe groot de ramen zouden worden wanneer ze zagen wat ik te bieden had, voor weinig geld.

Onder een stuk zeil stond mijn nostalgische Volga, waarvan het opknappen al een jaar op voltooiing wachtte. Eigenlijk hoefde alleen het dak aan de binnenzijde nog bekleed te worden en moest er nog een nieuwe koppelingsplaat in. Korhonen ging ook daar op zijn hurken bij zitten om hem te bekijken, en ik liet hem mijn arsenaal aan reserveonderdelen voor Ural- en

Dnepr-motoren zien, die ik via internet verkocht. Korhonen zei niets, neuriede wederom een of andere zware deun; ik ving iets op over een burcht die een veilig toevluchtsoord was, of iets van dien aard.

'Nou, denk je dat je me nu kunt vertellen wat je... op je hart had?' vroeg hij en hij leek even te twijfelen of hij zijn empathie wel moest laten doorschemeren.

Ik vertelde hem over de verhoren door de centrale recherche en de dopingproblemen van de Langlaufbond en de hormonenkwestie. Ik verzekerde hem dat ik nergens van afwist en sprak mijn zorgen uit over de gevolgen die dit zou hebben voor mijn zakelijke activiteiten. Een mens moest toch zeker voor brood op de plank zorgen, met boter, mijn hemel, en ik hield me tegenwoordig toch met legale dingen bezig, ik had mijn lesje wel geleerd.

Korhonen knikte en schudde zijn hoofd afwisselend, vroeg zich af wat hij met die onderzoeken van de centrale recherche te maken had. Ik verzocht hem ootmoedig mij in ieder geval op de hoogte te houden, zoals ik hem op de hoogte hield van het wel en wee van de Russische drugsmaffia en de prostitutie en smokkel en zwarte handel.

'Hmm, hmm,' mompelde hij welwillend. 'Ik kan dat natuurlijk in de gaten houden. Maar het gaat hier niet om een onschuldig marktkraampje langs de snelweg. Als ze jou in verband brengen met die dopingzaak, kun je maar beter naar Kazachstan verhuizen en waxslaafje worden van de nationale ploeg daar.'

Korhonen vertrok en ik vulde mijn magazijn aan met een partij Duits laminaat, met esdoornpatroon en duurzaamheidsklasse 31, voor openbare ruimtes, licht gebruik. Er kwam een grote witte Mercedes het terrein op geschommeld, een volkomen stijlzuivere pooierbak. Ik stond al op het punt beschutting te zoeken in de hal toen ik de krullenbol van autohandelaar Ruuskanen herkende achter het getinte glas.

'Dit is de wagen waar Kärppä al jaren op zit te wachten, en dan heb ik het niet over een Maxi-Cosy. Hondervijftigduizend kilometertjes, met garantie, komt net binnengerold. Afkomstig van een gepensioneerde uit Württemberg,' adverteerde Ruuskanen nog voordat hij zichzelf achter het stuur vandaan had gewrongen. Ik had destijds mijn oude Volvo bij Kwaliteitswagens Ruuskanen aangeschaft en was daar heel tevreden mee geweest. Maar die auto rookte inmiddels als een stoomschip en verbruikte liters olie, dus Ruuskanen had beloofd een nieuw karretje voor me te zoeken.

'Godverdomme nee, in dat ding ga ik niet rondrijden,' zei ik afkerig en ik gaf aan dat alleen ministers, Russische drugsbaronnen en Arabische terroristen in Amerikaanse films in zo'n bak reden. Ruuskanen, een man van een jaar of vijftig met een bierbuik en volle, vrouwelijke lippen in een opgezwollen gezicht, antwoordde dat hij ten eerste geen verstand had van wereldpolitiek en dat ik, ten tweede, heel goed voor een drugsdealer kon doorgaan. Maar een goede auto herkende hij meteen, en deze hier was er zo eentje.

Hij vertelde dat hij hem persoonlijk uit Duitsland had opgehaald, rechtstreeks uit de garage van de oude man. De wagen had altijd op tijd alle beurten gehad, en hoewel hij meer dan tien jaar oud was, kon het model tijdloos worden genoemd, *Sonderklasse*, weet je wel. De modellen uit de S-klasse werden niet ieder jaar opnieuw aangepast. En hij kende genoeg mensen die de auto van hem wilden kopen, maar omdat hij mij bijna als een zakenpartner beschouwde, had ik de eerste keus, en voor een prijs waarvoor ik niet eens een afgebladderd, naar oud braaksel stinkend wrak met een half miljoen kilometer op de teller onder m'n kont zou kunnen krijgen, als ik een Mercedes wilde tenminste, en waarom zou ik dat niet?

Ruuskanen ratelde zijn verkooppraatje met zoveel enthousiasme af dat hij er buiten adem van raakte. 'Alles erop en eraan,' knipoogde hij nog. 'Inclusief ingevuld bezwaarschrift tegen de invoerbelasting!'

Ik droeg de autohandelaar op heel even zijn mond te houden zodat ik in alle rust de auto kon inspecteren. Ik trapte tegen de banden, beklopte de carrosserie, zocht naar loszittende drijfstanglagers, luisterde naar de V6-motor en wreef olie tussen mijn vingertoppen om die te testen. Vervolgens ging ik achter het grote stuur zitten, als een kapitein aan het roer van zijn schip; ik reed een rondje en genoot stiekem van de stille motor en het houten dashboard. Van tijd tot tijd keek ik dreigend naar Ruuskanen, die in een koopmansreflex alweer een nieuwe lofzang wilde starten.

De auto rook naar zichzelf, naar de bekleding en het kunststof en de metalen onderdelen van het interieur en niets anders. Onwillekeurig kwam er een herinnering naar boven: ik was nog heel klein en zat in de Lada van een familielid dat op bezoek was, of een Zjigoeli moet dat toen geweest zijn. De auto was nieuw en niet versleten, de stoelen werden door plastic hoezen beschermd en hij had een roodbruine glans; er zat geen rubber op de ruitenwissers, want dat zou toch alleen maar gestolen worden. Ik herinnerde me de bewonderende woorden van de mannen, dat de Elite weliswaar hoog op de wielen stond en een krachtige motor had, maar dat dit toch pas een echte auto was. De mannen hadden een vreemd uitziende fles in het schuurtje staan, en mij werd verteld dat daar de reservebenzine in zat.

Ik kocht de Mercedes.

Drie

Voor zover ik wist had de gemeente Helsinki of Vantaa geen re-migrant, of zelfs maar iemand die uit Rusland afkomstig was, aangesteld als architect. Toch zag de wijk Länsimäki eruit als een uit karton gesneden model van het type wooncoöperatie waar men in het sovjettijdperk van droomde. De flats schoten de hoogte in, als gigantische champignonclusters die uit het niets waren ontsproten; de fundamentele mistroostigheid van de gebouwen was verborgen onder vreemde kleuren, balkons, uitsteeksels en bouwsels op binnenplaatsen waarvan je gewoon wist dat ze in een paar jaar tijd in verval zouden raken of op in-storten zouden staan, voor zover de bewoners de rechtlijnige ideeën van de architect niet zouden verwoesten met hun licht-slangen, Pepsi-parasols en schotelantennes.

De familie van Antti Kiuru woonde in Länsimäki, nog net aan de kant van Helsinki, en wel tot hun volle tevredenheid. Antti zat bij de tafel te glimlachen en was aardig tegen iedereen. Het gevloek en het overtrokken gejammer had hij op het bouwter-rein achtergelaten. Zijn vrouw Olga was bezig hapjes op tafel te zetten, pronkte met de stijve zinnetjes Fins die ze kende en mop-perde in het Russisch dat er nog zoveel over was van de oogst van de vorige zomer. Haar man en zoons waren slechte eters, het enige wat er aan tafel werd verteerd was het zitvlak van hun broek. Olga bleef er maar op aandringen dat ik, als vrijgezel, haar augurken en tomatenjam en rode bieten moest proberen.

Het was een woning van de gemeente. Ik had de Kiuru's des-tijds geholpen toen ze zich in Finland hadden gevestigd, en Ant-ti was al heel lang een betrouwbare werkkracht van me. En nu had ik in de rij gestaan bij de woningstichting en op de dames daar ingepraat en ervoor gezorgd dat Aleksej een tweekamerappartement zou krijgen in dezelfde flat, een verdieping lager.

'Die broer van jou gaat best werk vinden hoor, zo'n ingenieur die nog goed Fins spreekt ook,' meende Antti terwijl we meubels naar Aleksejs woning droegen. Ik mompelde instemmend, al wist ik dat het niet eenvoudig zou worden. Ik geloofde niet dat Aljosja in de bouw zijn draai zou vinden.

'Onze Eino heeft het echt heel goed gedaan in zijn eerste jaar op de universiteit, hij heeft alle tentamens gehaald en zelfs al een stageplek geregeld voor de zomer,' vertelde Antti, hoewel zijn vrouw Olga me aan de koffietafel hetzelfde verhaal al had verteld en me Eino's afstudeerportret had laten zien, waarop een ernstig kijkende jongen niet goed raad wist met het boeket rozen in zijn handen.

'Kreeg Matti ook maar eens greep op zijn leven,' verzuchtte Antti.

Ik wist niet wat ik daarop moest zeggen. Ik kon de vader niet vertellen dat ik Matti verontrustend vaak op de verkeerde plekken had gezien. Ik kon niet navragen waar Matti het geld vandaan haalde om die dure witte skateboardschoenen te kopen, en het nieuwste model mobiele telefoon en mp3-speler.

Ik kende Matti Kiuru al toen hij nog een pukkelig joch was, dat stopte met voetballen hoewel zijn vader en de trainer hem probeerden ertoe over te halen door te gaan. Vandaag de dag zag ik hem in de stad rondhangen, bij het station, in kroegen of in het winkelcentrum in Helsinki-Oost, en ik had gemerkt dat hij de andere kant op keek wanneer hij me zag. Ik wist dat Olga en Antti verdrietig waren over hun zoon, die zijn draai maar niet leek te kunnen vinden in Finland, ook al was hij hier opgegroeid. En als hij zijn draai wel had gevonden, dan in ieder geval niet op de juiste plek.

Ik kon zijn vader niet vertellen dat ik juist op bezoek was gekomen omdat ik zijn zoon wilde spreken. Niet dat het haast had, ik kon gerust nog een keertje langsgaan, zolang ik maar navraag kon doen over die drugshandel.

'Karpov,' antwoordde Karpov.

'Kijk kijk, de directeur zelf aan de lijn. Heb jij geen secretaresses die het zware werk voor je doen, zoals de telefoon opnemen?' plaagde ik mijn zakenpartner. 'Vitoesja hier, hoe gaat ie, ben je in Sortavala of waar zit je?'

'Ik ben hier, thuis. En ik heb een handsfree, zit hier tegelijkertijd een computerspelletje te... hè? Oké, ik heb 'm gesaved nu, we kunnen praten. Ken je deze al? Er zit een meisje op een aanlegsteiger met haar voeten in het water van het Ladogameer te spelen, komt er een toerist naar haar toe. Hij wil vriendelijk zijn en vraagt of het water warm is. Het meisje kijkt hem chagrijnig aan en zegt: "Hé, ik ben een hoer uit Priozersk en geen thermometer."'

Ik zei instemmend dat die grap al goed was toen ik hem voor het eerst hoorde, tijdens het theaterkamp van de Jonge Pioniers in Suistamo in 1976. Karpov kapte zijn brullende lach af en vervolgde toen, enigszins schor en op serieuze toon: 'Er doen hier vervelende geruchten de ronde. Er wordt beweerd dat de politie wat strenger de regels gaat hanteren bij een tamelijk onbeduidende zakelijke activiteit die ik in Finland bedrijf. En hier is het ook allemaal niet makkelijk...'

Ik vertelde Karpov dat ik Korhonen had ontmoet en dat die in ieder geval nergens voor had gewaarschuwd. 'Maar er komt opnieuw slechte shit deze kant op, van een nieuwe groothandelaar. En daar willen ze meer over te weten komen,' legde ik uit.

Karpov was stil. Ik wist dat hij zich afvroeg wat hij wel en niet over de telefoon kon zeggen.

'Ik zit in een lastig parket. Ik heb nieuwe vakantiehuisjes in de planning langs de weg naar Petrozavodsk, in Kirjavanlahti en in Pötsönvaara. Ik ben eigenlijk op zoek naar een wat geliktere naam daarvoor, voor marketingdoeleinden. Iets als "Rotsberg" of zo? Of "Adelaarsberg"? Iets wat aanspreekt. Maar nu wil de maffia in Sint-Petersburg dus meedoen, zich met mijn zaken bemoeien!' Hij schreeuwde bijna. 'Het is beter als ik daar niet ga zitten rondsnuffelen, zo van: "Ik ken iemand die graag zou willen weten wie van jullie die shit naar Finland exporteert..." Nee, ik moet me stilhouden.'

'Oké, ik snap het,' zei ik en ik probeerde het zodanig te zeggen dat het klonk alsof ik het niet snapte of het in ieder geval niet accepteerde. De lijn was een tijd lang stil.

'Nou goed, ik zal kijken of ik via een omweg iets te weten kan komen. Stuur desnoods een mail met wat meer gegevens. Maar probeer jij erachter te komen wat de Finse politie nou echt wil.'

Vier

Er was een berichtje van Marja.

Viktor liefje, hartendiefje,

*Weet dat ik ook aan jou heb gedacht. En dat ik je heb
gemist. Het doet me pijn je mails te lezen. Denk niet dat
ik niet om je geef. Ik heb heel ijverig colleges gevolgd. De studenten hier
zijn op een of andere manier wel wat kinderlijker dan
in Finland. De docenten lijken meer van hetzelfde
niveau als bij ons te zijn. M'n kamer is oké en de
vrijetijdsbesteding ook. Het geld vliegt er wel doorheen.
Jij slaapt nu, deze gedachte vliegt nu naar je toe, je
dromen in.*

Jouw M

Ik werd zonder wekker om half acht wakker. Ik zette thee, at
een boterham, yoghurt en een appel. Vandaag wilde ik aan mijn
conditie werken, of liever gezegd: ik had tijd nodig om na te
denken. Mijn arbeidskrachten aan de Eerikinkatu wisten wat
ze moesten doen, en ook verder waren er geen dringende aangelegenheden.

Het werk in de bouw verliep vlot en probleemloos. Ik kon
tevreden zijn, zei ik tegen mezelf. Ik had een stel prima kerels
voor me werken en een vertrouwensband met een aantal grote
bouwondernemingen.

Het was echt niet altijd zo geweest. Ik had op de loonlijst van
diverse bouw- en renovatiebedrijfjes gebungeld, waar ik in het

begin niet meer verdiende dan een hulpje, hoewel de aannemer me wel degelijk had gepresenteerd als een vakkundig timmerman. Ik had doodsangsten uitgestaan op aluminium steigers waarvan de lasnaden gescheurd waren, de geur van oud zaagsel en muizenkeutels ingeademd op stoffige zolders, op de vloer van niet-geventileerde ruimtes tweecomponentenlak uitgesmeerd die in blikken zat met een doodskop erop, die waarschuwde voor oplosmiddelen en God weet wat voor dampen die het centraal zenuwstelsel vernietigden, en uiteraard had ik geen mondkapje gedragen.

En ik herinnerde me een laagbouwproject in Vantaa, waar de aannemer ons 's avonds naartoe reed om over te werken; hij laadde zijn vier Russen in de vrachtruimte van zijn bestelbusje en beloofde honderd mark per uur te betalen, zwart. Het werk bestond erin grond onder het huis weg te graven, er dan onder te kruipen en kleiachtige löss weg te schrapen en af te voeren zodat er een soort pilaren gegoten kon worden waarmee het scheefgezakte pand weer werd rechtgezet, en er moesten een grindlaag en draineerbuizen worden aangebracht. En aangezien je daar met geen enkele machine kon komen, zouden deze jongens wel even graven.

Vier, vijf avonden plus het weekend hadden we staan scheppen, nat maar nederig en dankbaar voor het vruchtensap dat de vrouw des huizes ons tussendoor kwam brengen; haar man beperkte zich ertoe met een zuinige blik op zijn gezicht onze arbeid in de gaten te houden.

Ik ging hardlopen. De buurman was bezig een aanhanger aan de trekhaak van zijn Citroën-stationwagon te koppelen; hij groette me met een hoofdknik die zijn grijze paardenstaart deed zwaaien. Ik had geen bijzonder goede of slechte band met de bewoners van de dichtstbijzijnde huizen, maar was toevallig in de buurt geweest toen deze buurman onverwacht hulp en fatsoenlijk gereedschap nodig had gehad bij zijn eeuwigdurende verbouwing. Ik had hem stilzwijgend geholpen en gegeneerd geprobeerd me ervan te onthouden hem advies te geven, hoewel ik kon zien dat hij uitzonderlijk weinig praktische kennis had waar het bouwen betrof. En ik kreeg nog veel minder zin me met dit renovatieproject in te laten toen de vrouw des huizes, gekleed in aardetinten, langdurig in de deuropening geleund bleef staan en haar blik iets te lang op mij liet rusten.

Ik rende door het doolhof van smalle straatjes, stak via de brug het spoor over en zette koers naar de trimbaan die rond het vliegveld van Malmi loopt. Mijn loopritme werd gelijkmatiger; ik wist mezelf in te houden en niet te hard te gaan en probeerde een regelmatige hartslag te bewerkstelligen. Ik jogde een rondje, trok een sprintje terug naar huis, stopte daar mijn zwemspullen en schoon ondergoed in een rugzak en trok een droog trainingspak aan. Ik wandelde naar het sportcomplex van Tapanila, waar ik met blote voeten op de tatami stapte om wat te gymmen.

Ik deed een serie vloeroefeningen en voerde een aantal eenvoudige acrobatische bewegingen uit, die ik op de sportacademie had geleerd en waarvan ik wist dat ze heel goed waren voor het trainen van je kracht en coördinatie. Daarna rekte ik mijn spieren nog uitgebreid, maar ik smeerde hem uiteindelijk toen de judoka's arriveerden om te trainen. Ik knikte naar bekende gezichten; ik had ooit een aantal judo-, *krav maga*- en karatesessies gegeven in het sportcomplex van Tapanila, hoewel mijn eigen vaardigheden op dat vlak hoofdzakelijk afkomstig waren van de lessen in tweegevechten die ik in het sovjetleger had gehad. Maar dankzij die sessies kon ik nu met een zuiver geweten in de oude sporthal op de mat stappen, en soms als sparring partner fungeren voor grote jonge kerels.

Aan wedstrijden wilde ik niet meer meedoen, voor geen enkele club en onder geen enkele vlag, ook al werd ik daar wel eens voor gevraagd. Hetzelfde probleem deed zich voor als ik ging langlaufen. Na afloop kwam er op de parkeerplaats dan een afgetrainde langlaufer namens een onbeduidend lokaal sportclubje een praatje maken, vol bewondering voor mijn snelheid en stijl en nieuwsgierig naar de herkomst van een dergelijk onbekend talent, en het scheelde niet veel of ik kreeg een plek in de provinciale estafetteploeg aangeboden. Ze konden ook een betere uitrusting voor me regelen; interessant aanbod, toch? Ik klopte de sneeuw van mijn oude Atomics en zei nee.

Ik liep naar het overdekte zwembad van Malmi en verwonderde me over het feit dat mijn gemoedsgesteldheid niet verbeterde, ook al scheen de zon en was mijn lichaam in extase na alle beweging.

Ik zat lange tijd in de sauna. Twee jonge mannen klommen eveneens op de banken. Ik hoorde ze Russisch spreken maar kon niet echt vat krijgen op het verhaal; er kwamen te veel personen in voor, allemaal met een of meer koosnaampjes die de jongens wel kenden en ik niet.

Ik keek naar ze, naar de korte haren, de gladde huid, de lange benen en de buikspieren die zich bij gebrek aan een vetlaag scherp aftekenden, en ineens was ik weer terug op de sportacademie; ik zag de witbetegelde doucheruimtes, de krachtige jonge lichamen in de stoom van het hete water. En ik herinnerde me de devote momenten in de sauna tijdens mijn diensttijd, wanneer de kaalgeschoren rekruten even tot rust mochten komen na alle vernederingen en plagerijen die ze hadden moeten ondergaan, waar ze hun onschuldige huid mochten wassen op de cementen traptreden in de sauna die plaats bood aan honderd man en waar je gegarandeerd zwemmerseczeem opliep.

De jongens onderbraken hun verhaal en keken me wantrouwend aan. Ik klom van de bank af en zei vriendelijk in het Russisch dat het niet mijn bedoeling was geweest hen af te luisteren maar dat het me natuurlijk was opgevallen dat ze mijn taal spraken. Ze gromden goedkeurend iets terug en vervolgden toen hun gesprek. Ik liep langs hen heen naar de deur en zag dat een van de twee een tatoeage op zijn schouder had, van een vlekkerige roofvogel die zijn klauwen spreidde, met daaromheen vlamachtige krullen en eronder een tekst en een jaartal.

Terwijl ik naar het zwembad liep, bekeek ik mezelf in de spiegel. Ik wist dat ik niet meer piepjong was; mijn lichaam begon al af te takelen, ondanks het feit dat ik in goede conditie was.

Tijdens het zwemmen dacht ik aan Marja, en aan het gemis en de eenzaamheid en aan de dood van mijn moeder, aan het huisje in Sortavala, waar zelfs het tikken van de klok de stilte niet langer doorbrak. Misschien was het wel goed dat Aleksej naar Finland kwam, *otsjen charasjo*, heel goed.

Ik verliet het bad en terwijl ik rilde van de kou, realiseerde ik me dat ik die hele superheroïnekwestie was vergeten, terwijl ik me daar juist op had moeten concentreren. Viktor, hou je onderbewustzijn in bedwang, droeg ik mezelf op. Gebruik je energie voor die dingen die je kunt beïnvloeden en verspil je krachten niet aan iets anders.

Vijf

'Wat is dit nou weer, godverdomme?' brulde ik tegen Aleksej, die steels vanachter de auto vandaan blikte. Zijn triomfantelijkheid en trots schrompelden op slag ineen, om plaats te maken voor gêne, maar hij hervond al snel zijn vorm, als een volautomatisch opblaasbaar reddingsvest.

'Nou ja, dat is een Nissan Cherry. Was een koopje, van een makker op het werk.'

'Wel godverdegodver, je hebt gewoon een auto gekocht, en er nog voor betaald ook,' blafte ik. 'Want natuurlijk was dat het eerste wat je moest hebben, een auto, jij achterlijke idioot. Het valt me nog mee dat je geen boot hebt aangeschaft, zo midden in de winter.'

Ik liep om het wrak heen, dat eruitzag als een lappendeken, opende de deur als was het de deksel van een doodskist en verwachtte een bedompte stank aan te treffen. Aan de knopjes van de verwarming hingen een stuk of twintig Wunderbaum-luchtverfrissers. Mijn neus klaarde op alsof ik boven een fles toiletreiniger hing.

'Inderdaad, de verfrissende menthol- en eucalyptusdampen doen ook hier hun werk,' zei ik naar de reclame verwijzend, maar Aleksej kende die niet.

'Aljosja lieverd, ik heb je een woning en werk en weet ik veel wat allemaal bezorgd. Had nou even wat zelfbeheersing gehad, dat zouden we een fatsoenlijke Samara of iets dergelijks voor je hebben geregeld.' Ik probeerde zorgzaam te klinken en mijn geduld te bewaren, en vroeg niet naar apk-keuringen, verzekeringen en overdrachtsaktes, wat sowieso zinloos was geweest.

'Vitoesja lieverd, jij bent mijn kleine broertje, vergeet dat niet,' aapte Aleksej me na en hij smeet het portier dicht. 'Deze machine is in puike conditie. En de zomerbanden zijn bijna nieuw, van Miesselien,' betoogde hij terwijl hij de kofferbak opende. Ik keek erin en zag een stel zomerbanden met goed profiel.

Vervolgens probeerde ik vriendelijk te glimlachen, en ik zei niet dat het enige wat die banden ooit van Michelin hadden gezien de blotetietenkalender van het garagebedrijf was geweest, terwijl ze wachtten op een nieuwe rubberlaag.

Ik was gekomen om Aleksej van het werk op te halen, en had gedacht dat we naar mijn huisje zouden rijden en iets zouden eten en dat ik hem daarna naar zijn appartement zou brengen. Maar hij had geen lift meer nodig.

'Dus... hoe gaat het op het werk?' vroeg ik, in een poging het gesprek weer op het leven van alledag te brengen.

'Wel goed, wel goed,' antwoordde Aleksej kortaf; hij liet weten dat hij nog steeds beledigd was.

Ik had een baantje voor hem geregeld bij een auto-onderdelenbedrijf. Uiteraard had hij eerst wat gemompeld van: oké, misschien tijdelijk dan, want iemand als hij, een ingenieur met veel ervaring, zou echt wel iets beters vinden.

Maar wellicht had het sollicitatiegesprek bij Auto-Motor-Part hem de ogen geopend. De manager had hem gedurende zeven minuten ondervraagd, naar Aleksej gekeken zoals je kijkt naar een sollicitant van boven de veertig, en de door mij vertaalde getuigschriften doorgebladerd. Hij had gevraagd op welk gebied meneer eigenlijk ingenieur was, en toen Aljosja zijn uiteenzetting over de eigenschappen van koolwaterstof was begonnen en hoog had opgegeven van zijn verhandeling over tribologie, had de manager hem bot onderbroken met de vraag wat voor godvergeten tribologie hij bedoelde.

'Wrijvingskunde,' had Aleksej trots geantwoord en hij wilde al verdergaan met zijn betoog, maar de chef had zijn besluit al genomen.

'Nou, dat treft. Dan ga je dus smeerolie verkopen.' Daarmee was de rekruteringssessie wat de manager van Auto-Motor-Part betreft voorbij.

Aleksej was geen slechte olieverkoper. Wanneer de klant naar de goedkoopste fles greep, vroeg Aljosja achteloos voor wat voor type machine het smeermiddel bestemd was. Vervolgens hing hij een verhaal op over ventielen en carbonisatie, beschreef hij hoe de kogellagers piepten en hoe de ringen van de zuiger steeds een stukje van de cilinderwand afschaafden indien de olie niet meteen na het starten zijn werk deed. En dan pakte Aljosja de op vier na duurste olie uit het magazijn, die net zo goed of slecht was als de goedkope versie die de klant oorspronkelijk had willen kopen maar die vanwege de prijs wortel had geschoten in het schap. Die bood Aleksej aan, en altijd kocht de klant die, tevreden omdat hem geen goedkoop, waardeloos alternatief was aangesmeerd.

En er was ook behoefte aan Aleksejs speciale vaardigheden. Buiten, op het terrein van het bedrijf, stonden altijd auto's met het RUS-landenteken, waarvan de eigenaren binnen in de winkel een lange boodschappenlijst vol reserveonderdelen voor hun Japanse terreinwagens en hun Audi's, Mercedessen en BMW's aan het afwerken waren. Banden, skiboxen, accu's, schokdempers en God weet wat. Aleksej stond hen in hun eigen taal te woord, hielp bij het invullen van de taxfreeformulieren en legde uit hoe ze moesten rijden om bij Biltema te komen, de doe-het-zelfmarkt voor autoliefhebbers.

'Al kun je bij ons ook bijna alles wel vinden,' voegde hij er altijd aan toe.

Aleksej en ik reden achter elkaar aan. Hij ging voorop, en vanuit mijn Mercedes kon ik iedere versnellingswisseling herkennen aan de blauwe rookwolk die uit de uitlaat van de Nissan kwam. Na Malmi gaf ik een paar lichtsignalen, en ter hoogte van Fallkulla sloeg ik af naar Tapanila. Aleksej vervolgde zijn weg langs het vliegveld van Malmi en zwaaide even bij wijze van afscheid. Mijn mobieltje trilde in mijn borstzak. Ik nam op; het was Karpov.

'Heb je iets gehoord?' vroeg hij meteen.

'Nee, niets. Het is erg rustig.'

Ik luisterde. Karpov leek een zucht te slaken en op zijn lippen te bijten. 'Hier zit het wat moeilijk. Ik heb nog niet echt durven rondvragen, maar voor zover ik weet, is de maffia in Sint-

Petersburg in alle staten. En ik heb ook het gerucht gehoord dat de Finnen er de hand in hebben. *De finka's*, weet je wel? Des te meer reden voor mij om m'n muil te houden; ik fluit zelfs ook alleen nog maar in het Russisch.'

Ik dacht even na en bracht Karpov toen op de hoogte van mijn beslommeringen. 'Wel godverdegodver. Korhonen zit me op de nek en hij gelooft me niet wanneer ik zeg dat er sprake is van een thuiswedstrijd, dat er Finse jongens aan het werk zijn. En hoe moet ik erachter komen om wie het gaat?' vroeg ik me hardop af.

'Tja...' was Karpovs reactie. 'Maar probeer nou even behulpzaam te zijn en ook even navraag te doen over die kwestie van mij. Daarnet is zowel in Kitee als in Joutseno een lading cd's op precies dezelfde manier in handen van de politie beland. De jongens zijn teruggestuurd naar deze kant van de grens. Ze zitten nu dus ook al achter alle mogelijke piraterij aan.'

'Ik neem aan dat er alleen muziek op stond...?' wist ik tussen zijn spraakwaterval door te vragen.

'Nou ja, er zaten ook wat CAD-programma's tussen. Bestellinkje van een paar ingenieursbureaus,' zei Karpov terughoudend.

'Wel godverdomme, de *Sortavala Databoys* zijn weer aan het werk,' zei ik zuur. 'Dat ontbrak er nog maar aan, dat Bill Gates persoonlijk zich ermee gaat bemoeien. Niet dat dat nou zó vreselijk aan mijn geweten knaagt, maar een paar gejatte plaatjes van Jari Sillanpää is toch echt iets anders dan automatiseringsmateriaal voor architecten. Dan moet je niet raar opkijken als de politie bij je aanklopt.'

'Da's lang geleden, zo bij jou op kantoor,' begon Korhonen al meteen bij de deur, vragend en pesterig tegelijk. Hij ging op een van de stoelen zitten en zakte onderuit in een slechte houding. 'Al ben je evenmin op de bouwplaats gesignaleerd.'

'Jij ook goeiedag,' zei ik overdreven hoffelijk. 'Ik bereid me voor op het vakantieseizoen: rekeningen op tijd de deur uit, lonen uitbetalen, dat soort dingen.'

'Primaprimaprima,' zei hij terwijl hij met zijn vingers tegen zijn lippen klopte. 'En foeifoeifoei dat je niet hebt verteld dat je broer zou komen. Straks hebben we de hele familie hier,' zei hij schamper terwijl hij me met een schuin hoofd aankeek.

Toen ik niets zei, ging hij verder: 'Ik ben een logisch denkend mens en doe aan waarschijnlijkheidsrekening. En de correlatiecoëfficiënt is vrij hoog: nieuwe drugs op de markt, de Peterburgse maffia loopt het dun door de broek en er doen geruchten de ronde dat het gerommel in de handel en de magen wordt veroorzaakt door een nieuwbakken Finse groothandelaar. En laat nou tegelijkertijd de broer van een dubieuze zakenman ten tonele verschijnen. Een beetje wiskundige heeft het optelsommetje zo gemaakt.'

'Aleksej heeft niets te maken met drugshandel,' probeerde ik met klem te zeggen, maar ik stond al tegen Korhonens rug te praten.

'Misschien niet, misschien wel. Maar dit te uwer informatie, in dit stadium,' zei hij terwijl hij al bijna in de deuropening stond. De deur viel met een klap dicht.

De roltrap bracht me naar de eerste verdieping van het winkelcentrum in Malmi-Zuid. Ik vervolgde mijn weg door de glooiende voetgangersbuis die over het spoor en de perrons naar Malmi-Noord voerde, naar een tweede shoppinghel. Ik zag Andrej Ronkonen, die te midden van een stuk of vijf andere jongeren tegen de betegelde wand van de buis geleund stond. Twee Somalische jongens maakten midden op het looppad allerlei wilde dansbewegingen. Hun lijven waren als bonenstaken, en door de gigantische jeans die ze droegen leek al hun gewicht zich onderin te bevinden. Als je een nog grotere broek wilde hebben, moest je naar de tentenafdeling van een buitensportzaak.

Ik liep tussen de voorstelling en het gezelschap door en greep Andrej bij de schouder. Zijn sweatshirt met capuchon rekte een heel eind mee.

'We gaan even een praatje maken,' zei ik.

De groep stond me aan te gapen. Een sierlijke kleine jongen met een latinogezicht sprong naar voren en stak verrassend puberaal van wal: 'Hé, klootzak, wat moet dat. Waar bemoei je je mee? Heb je soms trek in een pak slaag?' Het joch probeerde zijn niet helemaal overtuigende stem kracht bij te zetten door met zijn handen wijde bogen door de lucht te slaan, waarbij hij vingers gespreid hield.

'Jippiejajee en hip en hop en tsss-pfft-sjjj, iene miene mutte tien pond grutten,' bevestigde ik mijn ouwelullenstatus. 'Ben ik in Harlem beland of zo? Ik kom alleen even een praatje maken met Andrej hier,' voegde ik eraan toe en ik probeerde neutraal te klinken. Ik hield de jongen bij zijn schouder vast en voerde hem een eindje met me mee.

'Bel de kindertelefoon als dat een homo of een pedo is, Andy. Hij beweert vast dat ie het beste met je voor heeft, dat ie jeugdwerker is bij de vereniging Red-de-kinderen-van-station-Malmi,' kakelde het groepje ons achterna terwijl ze op de vloer van de voetgangersbrug spuugden.

Ik plantte Andrej neer aan een tafeltje van een open tearoom en haalde twee glazen vruchtensap. 'Ik ben bij je thuis geweest, maar daar konden ze me alleen maar vertellen dat je in Malmi rondhangt.'

Andrej keek me met toegeknepen ogen aan. De geelbruine gloed van zijn huid en de zwarte ogen had hij van zijn Georgische moeder geërfd, zijn achternaam Ronkonen en het land waar hij opgroeide van zijn vader.

'Klopt ja, hier ben ik,' begon hij.

'Goed.' Ik knikte. 'Eigenlijk heb ik er niet rechtstreeks iets mee te maken, maar vertel eens wat je allemaal weet over je neef Jevgeni Maksimainen? Of liever gezegd, over wijlen je neef?'

Andrej keek naar de mensen die met de roltrap omhoog kwamen en deed alsof hij niets had gehoord.

'Andrej, luister. Jevgeni is dood omdat iemand hem slechte shit heeft verkocht. Ik ben heus niet van plan hier een preek tegen drugs te gaan houden, maar heroïne is klotespul en wat hier wordt verkocht is nog duizend keer kloteriger. En Jevgeni was jouw neef. Jullie hebben goddomme nog naast elkaar op de pot gezeten!'

'Bullshit!' viel Andrej uit. 'Jevgeni was drie jaar ouder dan ik.'

'Oké, oké. Lekker belangrijk om dat even te corrigeren. Hij

rende dus al zindelijk rond toen jij de box nog vervuilde. Ik probeer nu alleen maar uit te vissen waar die troep vandaan komt, zodat niet nog meer vrienden van je het loodje leggen.'

'Jevgeni leefde in zijn eigen wereldje, ik had daar weinig mee te maken. En zijn vrienden kende ik niet,' legde Andrej uit en hij slaagde erin gekrenkt te klinken. 'En hoe kom je erbij dat die shit van een van ons afkomstig is?'

'Dat weet ik. En jij weet dat ook,' deed ik een slag in de lucht. Andrej keek serieus, of liever gezegd uitdrukkingsloos. Hij zag eruit als het kleine jongetje op de klassenfoto dat geschrokken is van de flits.

'Is het die jongen van Kiuru?' vroeg ik vriendelijk en met zachte stem. Ik keek Andrej doordringend aan en probeerde te zien of zijn aangezichtszenuwen iets verrieden, een onwillekeurig trekken van de kleine spieren, een impuls die hem ontglipte. 'Je weet wel, Matti Kiuru.'

Ik meende al een trilling rond zijn ogen te ontdekken, maar hij glimlachte en kreeg lachrimpeltjes; zijn mooie, regelmatige gebit werd zichtbaar. 'Hé, Matti Kiuru is echt geen drugsdealer hoor, dat weet ik zeker,' zei hij vrolijk, waarna hij zijn glas leegdronk en opstond.

'Oké. Zorg goed voor jezelf. En hang hier niet de hele zomer rond, probeer niet alleen met verkeerde jongens om te gaan, oké?' probeerde ik zorgzaam te klinken.

Andrej liep al weg; hij daalde de roltrap af en stak halverwege zijn hand op: 'Maak je geen zorgen. Ik ga op twee zomerkampen van de kerk mee als begeleider.'

Wat had dat nou weer te betekenen? Iemand moest me toch eens uitleggen hoe het er tegenwoordig aan toe ging in de kerk, bedacht ik. En ik vroeg me eveneens af of Andrejs gezicht niet toch iets had prijsgegeven, hoewel zijn woorden onschuldig hadden geklonken.

De volgend ochtend herinnerde ik me een korte droom:
De rendieren werden gescheiden; ik vroeg me af wat ik daar te zoeken had. De beesten renden rondjes door de kraal, de lasso's vlogen door de lucht en vielen neer over de geweien. Rendierstier,

47

rendierkoe; ik wist nog hoe ik de nieuwe begrippen in dit nieuwe land erin had gestampt, hoewel de taal die van mijn moeder was. En van mijn vader. Maar rendieren waren desondanks onbekenden voor me, alleen plaatjes en woorden, zonder afmeting en gevoel en geur.

Iemand legde een rendier op de rug. De vacht was grijs en ruw maar gelijkmatig, en zijn ogen waren zwarte, vochtige ovalen die verschrikt wegkeken, angstig maar onschuldig.

Dezelfde ogen als die van Andrej Ronkonen, dacht ik terwijl ik wakker lag.

II

Slinger uw bliksems, en strooi ze in het rond.
Schiet uw pijlen, en jaag ze uiteen.

Psalm 144:6

Zes

Het restaurant was ouderwets ruim opgezet. Het orkest weende walsende melodieën; de musici hadden een vreemde, serieuze gelaatsuitdrukking en droegen colbertjes met pastelkleuren van een paar zomers terug. De mensenmenigte golfde over de dansvloer; sommige mannen keken toe vanaf de tafeltjes en de vrouwen verspreidden verwachtingsvol hun geuren, hopend op een dans.

Ik was al eerder op dit soorten plaatsen geweest, was 's nachts door Helsinki gestruind zonder te weten hoe of wat, had alleen de naam van de bar en die van de artiesten in de krant gelezen. Ik was per ongeluk op hoempapafeesten van bejaarden beland en op homoavonden, en toen ik had beseft dat ik me had vergist, had ik geprobeerd me terug te trekken zonder iemand voor het hoofd te stoten. In dit soort danskroegen en trendy nachtclubs had ik in mijn eentje aan de bar gehangen en mijn best gedaan eruit te zien alsof alles gladjes verliep. Ik was door mensen aangesproken en had gemerkt dat sommigen terugdeinsden toen ik me voorstelde als Viktor, en dat anderen het juist spannend en opwindend vonden.

Maar ineens was het vermoeiend en zelfs treurig geworden. De locaties werden vertrouwd, als openbare wachtkamers, en al snel herkende je de vaste bezoekers die dwangmatig hun circuitje afdraaiden, vastberaden te vluchten voor de bevestiging van het feit dat ze eenzaam waren. Ook de toeristen in het nachtleven pikte je er al snel uit: de collega's die het bedrijfsuitje nog even elders voortzetten, degenen die zich één keer in de maand mochten laten gaan, de onbestorven weduwnaren die als trekvogels van de terrassen verdwenen; en ook de restaurants leken vermoeid te zijn nu ze langzaam leegliepen en zich voorbereidden op de winterslaap. Toen Marja er nog was, was ik 's nachts alleen de hort op geweest als het voor mijn werk noodzakelijk was. Maar nu zat ik hier om plezier te maken. Ik zuchtte zwaar en volgde Aleksejs bewegingen, die twee theelepels verboog en ze als een zonnebril op zijn gezicht klemde en vervolgens brulde: 'Kitzbühel!' Hij was zijn welkomstparty begonnen met een rondje sauna, bier en pizza in het gezelschap van zijn collega's. Ikzelf had me pas in de nachtclub bij hen kunnen voegen. Het begin van de avond had ik bij Ruuskanen doorgebracht, als tolk voor een autokoper, een man die een vreemd soort Russisch had zitten brabbelen en hardnekkig probeerde af te dingen op een belastingvrije BMW. Uiteindelijk waren beide partijen content geweest met de verkoopprijs en had ik de papieren in orde kunnen maken. Maar in die tijd hadden de feestvierders al heel wat kroegen afgewerkt, en ik zocht de stad naar hen af als een jager die steeds verder achterop raakt terwijl zijn buit ervandoor gaat. Uiteindelijk kreeg ik Aleksej op zijn mobieltje te pakken, en tussen het gelal door kon ik een paar duidelijk uitgesproken woorden opvangen en zo de juiste locatie vinden.

Ik dronk één biertje en overwoog of ik zou overstappen op frisdrank of dat ik de Mercedes op de parkeerplaats zou laten staan. Het vermoeden bekroop me dat mijn grote broer wel een helder denkende chaperon kon gebruiken; momenteel was hij aan het dansen en zong met een treurig gezicht 'De meeuw' in het Russisch in het oor van een vrouw, als directe concurrent van de artiest op het podium. Ik schatte mijn tolerantieniveau in en bestelde nog een biertje.

Ik dronk, babbelde wat met Aleksejs collega's, danste tussendoor en luisterde naar vrouwen die vonden dat ik toch zo'n aardige broer had. Ik knikte instemmend, al keek ik vol verwondering naar de vreugdevol feestvierende Aljosja. Ik besefte dat hij al was gaan studeren nog voordat ik de leeftijd van losbandigheid had bereikt, en de zeldzame keren dat we elkaar gedurende mijn eigen studententijd in Leningrad of Moskou hadden ontmoet, hadden we ons allebei ongemakkelijk gevoeld, ernstig en neutraal. In Sortavala daarentegen waren we thuis, braaf en fatsoenlijk, we worstelden hoogstens wat, als eerbetoon aan onze kindertijd. Aleksej trouwde al op jonge leeftijd, kreeg samen met Irina een zoon die inmiddels volwassen was, settelde zich achter zijn walnoothouten bureau, paste zichzelf na de val van de Sovjet-Unie aan de moderne tijd aan en veranderde van een onbetekenend mannetje in een groot zakenman.

En nu was hij hier; hij danste op een vlot nummer en zong mee in het Engels. Waar had hij dat zo goed geleerd? Hij wuifde dat ik ook moest meedoen, en al snel stonden we met de hele club op het parket; we sloegen onze armen om elkaars nek en op een rij staand dansten we een variant op de Griekse volksdansen en de écossaise en voerden we joelend de trepak uit.

Ik hield er niet van beneveld te zijn. Die roes die even voorbij flitst, het moment waarop je merkt dat de dronkenschap inzet, die voelde goed. Maar daarna was er alleen maar de bedwelming, de traagheid, de onbeholpenheid. Ik wilde de controle niet verliezen. Ook dat was onderzocht toen er in het leger werd geselecteerd voor de speciale opleiding. De invloed van narcotica en wijn was getest, met net zoveel ernst als de psychische en fysieke belasting. Ik doorstond de toetsen zonder problemen, hield het lang vol zonder een spier in mijn gezicht te vertrekken. Een man die oogt als een killer, zei de selectiecommissie, en hetzelfde werd in militair-psychologische termen in de documenten genoteerd. En op de laatste pagina van de stapel papieren, op de plek voor overige opmerkingen, schreven ze: 'vermogen om te doden' plus een vraagteken. En ook: 'opvolgen van bevelen om tot het uiterste te gaan' met een uitroepteken en een hele rij vraagtekens. Dat hadden ze me niet verteld en dat was ook niet nodig. Die onvolkomenheid was mij allang bekend.

'Ik ben zeker geen absolutist, verre van dat. Ik ben een combinatie van een Russische zuipschuit en een sombere Finse alleendrinker.' Ik merkte dat ik aan het declameren was, voelde me bedwelmd, traag en onbeholpen, maar ik wist niet of ik dat al gezegd had en wat ik verder allemaal al had geroepen. 'Een man die oogt als een dronkaard,' glimlachte ik tegen mezelf.

53

Ik wist dat de vrouw die nadenkend naar me zat te luisteren Helena heette en dat ze een kennis was van een van de feestvierders in ons gezelschap en dat ze was blijven staan om een praatje te maken. Ik wist ook dat haar dijbeen warm en consequent tegen mijn been drukte.

'Dat is echt verschrikkelijk interessant, wat je daar vertelt over die psychologische testen, gewoon in klinische zin bedoel ik,' sprak Helena, waarna ze verderging over iets ernstigs en ingewikkelds. Ik staarde haar aan en knikte zogenaamd aandachtig, hoewel door alle lawaai om ons heen zelfs een eenvoudig gesprek moeilijk te volgen was. Haar mond vormde de woorden op sierlijke wijze.

Er hadden zich nog meer mensen bij het gezelschap gevoegd. Ik zag Aleksej met Matti Kiuru praten, die tegenover hem stond. Aleksej had verteld dat hij zijn buren zou uitnodigen, en samen met Matti waren er nog twee andere, kortharige gasten verschenen, die met de duimen achter de broekband gestoken stonden te wachten.

Toen ik het drietal zag, werd mijn hoofd op slag weer helder. Ik besefte dat ik hen ergens had gezien. Op een kwade of ongunstige locatie. En ik herinnerde me dat ik nog een praatje moest maken met Matti.

Helena zei dat ze haar neus even ging poederen. 'Je komt toch wel terug?' vroeg ik terwijl ik haar recht in de ogen keek en kort haar hand streelde. Ze glimlachte licht, en ik dacht: die glimlach is al duizenden jaren hetzelfde.

Ik stond op het punt naar Matti te lopen toen ik van achteren bij mijn schouder werd beetgepakt. '*Toen jij in mijn leven verscheen, mijn vriend...*' zong Korhonen, waarop hij meteen van toon veranderde. 'Maar wat heb jij hier in deze hellepoel te zoeken, blootgesteld aan de stromen der destructie?' Hij zei het bijna spugend. 'Zo tussen alle poorten van Babel?' Hij klonk een tikje beneveld, maar zijn ogen glansden en zijn wangen gloeiden.

'M'n broer geeft een feestje. En jij?' Ik wrong zijn hand los van mijn schouder, hoewel het leek alsof zijn vingers verstijfd waren in hun greep.

'Ik achtervolg boeven, moordenaars en overspelplegers, wisselaars van vals geld...' Korhonen knikte in de richting van Aleksej, Matti Kiuru en diens kameraden.

Hij keek me aan, een tikje te gefixeerd, als of het hem moeite kostte te focussen. 'Georganiseerde misdaad en recidive. Dat is mijn werk – ik race achter dieven aan,' lachte hij vreugdeloos.

Hij wankelde even; zijn armen hingen langs zijn lichaam, de vingers nog steeds gespannen. 'Dit is te veel voor mij,' zei hij rustig, en hij pakte zijn pistool uit de holster onder zijn oksel, als een verkoopmanager die naar zijn trendy mobieltje grijpt.

'Slinger uw bliksems, en strooi ze in het rond. Schiet uw pijlen, en jaag ze uiteen,' sprak hij plechtig. 'Psalm 144,' zei hij er schor achteraan, en hij richtte zijn pistool in alle ernst op het groepje lachende mannen. Aleksej keek recht in het zwarte oog van het wapen en dook naar de grond.

Ik sloeg Korhonen tegen zijn arm, trok hem achteruit aan de kraag van zijn jas en tackelde hem. Zijn dienstwapen, een Glock, viel en bonsde met een vreemd geluid op de vloer. Kunststof frame, schoot er door me heen. Een van Matti Kiuru's vrienden bracht zijn hand naar zijn rug en ik besefte meteen dat hij naar een wapen graaide. Ik sprong op een tafeltje en van daaraf boven op de man. Hij zonk ineen als een scheef opgestapelde lading hout en ging languit onderuit.

Hij lag onder mij met zijn ledematen gespreid, hijgend. Ik kwam langzaam overeind, hief waarschuwend een vinger op en hield hem de hele tijd in de ogen. Traag liep ik achteruit, met gebogen knieën, en ik greep snel Korhonens pistool. Korhonen zelf zat op de grond en schudde zijn hoofd. Ik zag de uitsmijters op ons af rennen, boog me voorover naar Korhonen en pakte vlug zijn portemonnee en politie-insigne uit zijn borstzak.

'Laat mij dit maar regelen, dat is voor iedereen het beste nu,' zei ik zachtjes maar iedere lettergreep beklemtonend.

Hij knikte.

'Ben je nou helemaal besodemieterd, wat had dat godverdomme te betekenen?' brulde ik tegen Korhonen. 'Je hebt ze niet meer op een rijtje! Of is het soms volkomen normaal om in een nachtclub je pistool tevoorschijn te halen en de halve dansvloer te bedreigen! Staat u mij toe of zal ik meteen schieten! Je mag me wel dankbaar zijn dat ik zowel je baan als je leven gered heb!'

We zaten in de Mercedes. Aleksej knikkebolde op de achterbank, met zijn neus tegen het venster, Korhonen keek strak voor zich uit op de passagiersstoel, naar de straat die de komst van de ochtend al aankondigde. Ik had de uitsmijters in de bar Korhonens insigne getoond en zonder nadere uitleg medegedeeld dat ik de zaak volledig onder controle had. Matti Kiuru was spoorslags van de plek des onheils vertrokken, zijn kompanen en de rest van het gezelschap had ik met een hoofdbeweging duidelijk gemaakt dat het feestje voorbij was en dat dit een goed moment was om op te rotten. Korhonen en Aleksej voerde ik met me mee. Uiteraard was broerlief het er niet mee eens en hij mopperde dat we niet zo snel al konden ophouden, dat we toch zeker ergens anders konden doorgaan met feesten. Bij de buitendeur galmde hij nog: *Elvis has left the building.* Ik sleepte het tweetal naar de auto, smeet de portieren dicht, stapte zelf in en haalde diep adem. Toen pas trok ik tegen Korhonen van leer.

'En vind jij echt dat mijn broer eruitziet als een drugsdealer?' voer ik tegen hem uit. Aljosja's gezicht leunde platgedrukt tegen het glas; door zijn ademhaling besloeg het raampje.

'Sorry,' zei Korhonen, alsof daarmee alles wel was uitgelegd. 'Het gaat niet echt goed met me,' ging hij verder.

Ik had hem nog nooit zo zachtjes en zo serieus horen praten.

'Waarschijnlijk heb ik gewoon te veel... verdorvenheid gezien,' ratelde hij maar door.

'Mijn vader gaf leiding aan een zondagsschool.' Hij begon fluisterend, maar zijn toon veranderde, en ineens klonk zijn normale zelf er weer doorheen. 'Maar zoiets begrijpt een atheïst als jij toch niet.'

Ik zei niets, sprak niet over de afwezigheid van God in sovjetgezinnen en over het feit dat ik in boeken wel eens iets over het geloof had gelezen. De lucht in de auto leek zich te verdikken tot zachte, tastbare materie, waar Korhonens woorden in konden neervallen.

'Daar worstel ik mee. Met de zonde. Een professionele worsteling, *all stars wrestling*. Deze stad zit zo vol verdorvenheid, gekloot. Een abces dat je zou moeten doorprikken. Zodat de pus eruit kan spuiten,' verkondigde hij. 'Maar wie ben ik. Ik nam vandaag de bus en daar hing zo'n opgeschoten joch onderuit op een zitplaats, nam er meteen twee in beslag. En ik wilde al zeggen dat hij moest opstaan voor een paar omaatjes, dat zo'n gezonde jonge man best kan staan. En toen zag ik dat hij een gehoorapparaat in zijn oor had en dat hij een of andere handicap had. Dat soort dingen.'

Hij strekte zijn nek, drukte zijn kaak tegen zijn borstkas en keek vervolgens omhoog, naar het plafond van de auto.

'En ik ben geen haar beter. Of alleen in die zin dat ik besef dat ik verdorven ben,' recapituleerde hij; hij knipte zijn monoloog dicht als het deksel van een diepvriesbakje.

Ik keek Korhonen in de ogen, knikte en zei. 'Wacht hier, ik loop nog even de kroeg in.'

Helena stond bij de garderobe, was net bezig een korte, lichtgekleurde jas aan te trekken.

'Je bent er nog. Sorry dat ik ervandoor ging, er was wat herrie,' legde ik uit.

'Ik vroeg me inderdaad al af wat er gebeurd was. De hele groep was in een oogwenk verdwenen. En aan de tafeltjes naast die van ons keken ze nogal vreemd en werd er gefluisterd. Was er een vechtpartij of zo?'

'Ach, een relletje maar,' deed ik de zaak af. 'Maar luister, kan ik je naar huis brengen of ergens anders naartoe?'

Ze glimlachte opnieuw die eeuwenoude glimlach. 'Hm, misschien mag je dat.'

'Wat?'

'Me naar huis brengen.'

Toen we bij de auto aankwamen, beval ik Korhonen op de achterbank te gaan zitten. Helena mompelde iets over beneveld achter het stuur stappen en ik probeerde haar gerust te stellen door te beweren dat ik echt niet zoveel had gedronken. Ook Korhonen leek weer helemaal de oude te zijn.

'Kärppä reageert nergens op. Die is door de Sovjets getest, bij het pissen kleurde het lakmoespapiertje gewoon geel en in de alcoholmeter ontstond kortsluiting. Bovendien ben ik van de politie. Nood breekt wet, voor zover ie ze niet zelf opstelt. Maar wat ik dus bedoel is dat alles onder controle is, helemaal tot in de puntjes.'

Helena zei dat ze Oulunkylä woonde. We reden er in stilte naartoe. Korhonen wilde een aantal keren van wal steken, maar ik beval hem zijn mond te houden, en herinnerde hem eraan dat ie me nog een paar wederdiensten verschuldigd was.

'Ik wilde alleen maar benadrukken wat voor goeie gozer Viktor is,' zei Korhonen op zogenaamd mokkende toon. Ik keek hem via de achteruitkijkspiegel zo chagrijnig mogelijk aan.

'Hier,' zei Helena.

De flat stamde zo te zien uit de jaren zeventig: een witte gevel, de speeltoestellen ervoor waren al verroest. Ik parkeerde langs de kant van de straat en zei tegen Korhonen en Aleksej dat de heren nu even naar *Op slag van morgen* mochten luisteren, dat ze desnoods naar het programma konden bellen om hun hart uit te storten bij de presentator. Korhonen schonk me een pesterige glimlach en knipoogde.

We liepen de binnenplaats op en vervolgens naar de ingang van het trappenhuis. Helena diepte de sleutel op uit haar tas en opende de deur. We gingen naar binnen. Ze wees op het zwarte bord waar de namen van de flatbewoners met witte plastic letters op stonden die van haar aan: Lindvall. Ik sloeg mijn armen om haar heen en we kusten elkaar. Ik streelde haar eerst over haar jas en duwde mijn hand toen onder haar kleren. Toen ik haar schaamstreek bereikte, maakte ze zich van me los; ze veegde met de rug van haar hand haar lippen af en zei: 'Het kan niet, ik ben ongesteld.'

Uit mijn gezichtsuitdrukking sprak hopelijk datgene wat ik dacht: nou en, dat is toch de natuurlijkste zaak van de wereld?

Ik vroeg me af of ik tevreden was met haar reactie, of ze eerst een beetje moest tegensputteren of een vertragingstactiek toepassen om mij vervolgens toe te staan haar de kleren van het lijf te rukken. Of dat ze me eerst keurig moest kussen, vervolgens iets minder keurig en uiteindelijk haar vingers op mijn wangen zou laten rusten en de volgende dagen zou wachten of ik zou bellen of niet.

'En mijn man zou het misschien ook niet leuk vinden als je bij ons bleef overnachten,' glimlachte ze.

Ik hoopte bijna dat mijn mailbox leeg zou zijn. Ik zette de computer aan, maakte verbinding met het internet en typte mijn wachtwoord in. De groene pijl wees naar de afbeelding van een envelop.

Mijn liefje,

*O, ik mis je toch zo – je Finse trekjes, of je het
gelooft of niet, kleine Rus. Ik mis je serieusheid en je
authenticiteit, die is als een bodem waarop het licht
en de helderheid zichtbaar zijn. Als de banen van een
geweven vloerkleed. Of is het toch eerder Slavische
melancholie? Maakt niet uit wat voor naam of definitie.
Dit even als snelle schreeuw tussendoor, ik ben op weg
naar college.*

Veel liefs,
Je M

Zeven

Ik zat op de achterbank van een taxi aan de Arkadiankatu. Uit de geur kon ik afleiden dat het een Japanner was, en uiteindelijk zag ik aan de gravure in het midden van het stuur dat het een Toyota betrof.

'Rij wat mij betreft eerst naar de Mechelininkatu en draai dan ergens in Töölö weer om,' zei ik tegen het kortgeknipte zwarte nekhaar van de chauffeur.

'Ik ben dienst, ik niet gratis kan rijden,' sprak hij met een buitenlands accent.

'Zo vaak bel ik je niet voor een ritje. En het is echt helemaal alleen van jou afhankelijk hoe snel je dit klusje klaart,' ging ik verder in het Russisch. Ik blikte even in het rond om te controleren of alle raampjes ook dicht waren, zodat het gesprek deze auto niet zou verlaten. 'En als je je mobilofoon open hebt staan of een recorder laat meelopen, dan beveel ik je van harte aan om die uit te zetten.'

'Ik rij alleen maar doodgewoon op de taxi,' zei de chauffeur verveeld. 'En dat doe ik om mijn brood te verdienen. Er is bijna geen ander werk. Soms hoor ik iets van iemand die meerijdt, soms word ik gecharterd, voor politici of zakenlui. Maar dat gebeurt maar zelden. Het brood is niet dik belegd.'

'Nou, ik wist je in ieder geval nog te vinden, dus genoeg gejammerd. Ik heb een heel eenvoudig probleem. Er is een nieuwe drugsroute vanuit oostelijke richting, of anders is er sprake van nieuwe importeurs. Sommige mensen zijn daar heel verbaasd over. Vertel op.'

De man keek me nu voor het eerst aan, via de spiegel. Ik zag zijn donkere ogen en de bril met het metalen frame, en toen ineens weer alleen de dikke haardos, die nog steeds zwart was, ook al was de chauffeur al in de vijftig. Hij leek zich op het verkeer te concentreren, wisselde zorgvuldig van rijbaan en leunde vervolgens tegen de hoofdsteun.

'Ik weet dat de inlichtingendienst zich daar zorgen om maakt. En de Petersburgse maffia loopt zo rood aan als een haardijzer in een smidse. Ik weet dat er verschillende mogelijkheden worden onderzocht en dat de Finnen worden genoemd.'

De chauffeur pauzeerde even; hij moest stoppen voor een stoplicht en ging op de rem staan.

'Raar eigenlijk dat jij dat vraagt. Jij zou het moeten weten. Je wordt in ieder geval in de gaten gehouden.'

Ditmaal keek hij me doordringend aan; hij draaide de rollen om, stond op het punt mij te gaan ondervragen.

Ik nam niet de moeite vol verbazing mijn wenkbrauwen op te trekken en mijn armen te spreiden als teken van onbegrip, maar probeerde in plaats daarvan duidelijk en nadrukkelijk te spreken.

'Ik heb daar niets mee te maken. De politie heeft het op mij voorzien, stelt vragen en oefent druk uit en chanteert. Ik heb mijn lesje geleerd, en de vervolgopleiding is duidelijk te zwaar voor mij. Een mens wordt voorzichtiger naarmate hij ouder wordt,' glimlachte ik naar het in de spiegel zichtbare deel van zijn gezicht. 'En met de ambassade heb ik al helemaal niets te maken. Jij bent de uitzondering.'

'Van hieraf kun je wel met de tram verder, hè?' zei de chauffeur onverwachts en hij draaide het terrein van taxistation Tullinpuomi op. Ik stapte uit zonder hem voor de lift te bedanken.

'O ja. Iedereen weet dat jullie nu met z'n tweeën zijn. Je broer komt hiernaartoe en ineens ziet de situatie er heel anders uit. Dan komen er allerlei rekensommetjes in je op, zoals één plus één,' zei hij nog snel door de kier van het portier. 'En ik heb ook gehoord dat de politie jou in verband met een andere kwestie in de gaten houdt. Met dat dopinggedoe zit je ook goed in de stront. En geen B-staal gaat je daaruit redden.'

Het portier sloeg dicht nog voordat ik iets kon zeggen.

Aleksej kwam op bezoek. Ik zat op de trap voor de voordeur en volgde de blauwe rookwolk die opsteeg terwijl hij zijn Nissan parkeerde. Op de achterruit was inmiddels een sticker verschenen: *Verspil je centen niet, ga d'r flink van hijsen!*

'Kom mee, we gaan even een zakelijk klusje klaren,' zei ik tegen mijn broer en ik trok een shirt aan.

We reden via Ringweg III naar Tikkurila en daarvandaan verder in noordelijke richting, naar Hiekkaharju. Ik draaide door de smalle straten met bloemen- en grasnamen en vond toen het juiste steegje en het juiste laagbouwhuis. De struiken aan de straatkant waren behoorlijk hoog.

'Goedendag, Tiilikainen. Je zou die meidoorn van je eens moeten snoeien, ik reed bijna aan je huis voorbij,' brulde ik zowat tegen een man die met de rug naar ons toe bezig was worst te schroeien op een gasbarbecue.

'Ach, Kärppä,' was het enige wat Tiilikainen zei en hij trok zijn bontgekleurde shorts op. Zijn benen staken bleek en ongespierd uit de broek en zijn maag rolde er aan de bovenkant overheen.

'Aardig dat je 't vraagt, goed, dank je, de hitte houdt wel lang aan, dat heb je niet vaak in Finland in de zomer,' vatte ik de koetjes en kalfjes samen. Ik ging zo dicht bij hem staan dat ik het gelijkmatige suizen van de barbecue kon horen en de geur van de worst kon ruiken. Tiilikainen frunnikte even aan de lange vleesvork en legde die toen naast het rooster neer; hij wist niet goed wat hij met zijn handen aan moest.

'Zitten de tegeltjes in de badkamer nog op hun plek? Ik dacht, ik neem Sacharov mee voor de eindinspectie,' zei ik terwijl ik in Aleksejs richting knikte. 'Hij spreekt geen Fins, maar hij is een expert als het om cv-techniek gaat: crediteuren en vorderingen.'

Aleksej barstte bijna in lachen uit maar wist zijn wangen vol te zuigen met lucht en liet die met een plof ontsnappen langs zijn lippen. Hij probeerde streng te fronsen en keek schuin omhoog naar het zwerk.

'Je bent namelijk een heel klein detail vergeten: de betaling,' zei ik tegen Tiilikainen. 'Materialen en arbeid, drieduizend nieuwe Europese munten. Dat hadden we afgesproken, als kerels onder mekaar.'

De deur ging open en er kwam een vrouw de tuin in gelopen, iets jonger dan Tiilikainen en gekleed in shorts en het bovenstukje van een bikini. 'Leg deze tomaten ook effe op de grill, Jorma, de aardappelen zijn bijna gaar...' Ze hield in toen ze ons zag, probeerde met een vreemde maar schattige beweging het dienblad zover omhoog te houden dat haar armen haar borsten bedekten, en ook haar benen kruiste ze schuchter.

'Misschien kan Marjatta mijn kameraad hier een rondleiding door het huis geven terwijl wij in bespreking zijn,' stelde ik Tiilikainen vriendelijk voor. Aleksej opende het bovenste knoopje van zijn overhemd en liep aan Tiilikainen voorbij. Hij greep de vleesvork, sloeg die in een worst alsof hij met een harpoen een snoek ving en begon te blazen om hem af te laten koelen.

'Klopt, klopt. Ik ben vergeten dat te regelen, die betaling,' gaf Tiilikainen haastig toe. Hij begon er steeds meer uit te zien als een man die zijn auto met een extra stuurslot uitrustte. 'Luister, en als ik het bedrag nou meteen overmaak via internetbankieren; ik heb je bankgegevens en al die dingen...'

'Joh, dat komt wel. We willen toch niet dat de aardappels droogkoken,' zei ik op mierzoete toon. 'En ik ben een redelijk mens. Maar inmiddels is het wel drieduizend plus driehonderd, in euro's.'

Tiilikainen zei niets en keek me alleen maar nederig aan.

'Laten we zeggen dat er een klein bedrag voor meerwerk bij is gekomen. Dat zie je toch altijd op facturen, al weet geen mens wat er met "meerwerk" wordt bedoeld. En natuurlijk incassokosten en aanmaningskosten en afhandelingskosten. Twee mannen moeten hierheen komen rijden, dure benzine verbruiken. Ook in ecologisch opzicht is het verstandig om op tijd te betalen, met het oog op de duurzame ontwikkeling en zo. Vind je niet?' vroeg ik terwijl ik naar de auto liep. Aleksej kwam achter me aan maar draaide zich nog even om en scheurde een stuk keukenpapier af. Hij veegde zijn vingers schoon en stapte toen in de Mercedes.

'Shit, dat was vet melig,' zei hij enthousiast. 'Die vent liep het dun door de broek en ook moesje deed 't bijna in d'r Sloggi's.'

'Praat 's normaal. Christene zielen, zijn je collega's allemaal basisschoolleerlingen? Of waar leer je die hippe taal?'

'Nou ja, taalvaardigheid is voor een remigrant zo ongeveer het allerbelangrijkste,' grijnsde hij tevreden. 'Maar zonder gekheid, ik lees alles en kijk tv en luister naar de radio en probeer zoveel mogelijk met mensen te praten. Al in Moskou probeerde ik mijn Fins bij te spijkeren, want het Fins dat we thuis spraken begon al aardig antiek te worden, echt opoegeklets. En met dorsen en kaarden en vlasbraken red je het hier niet.'

'Oké. En nu weer ter zake. Dat ging goed, die vent betaalt wel. Maar denk erom: ik ben alleen mijn arbeidsloon gaan innen, dat had niets met zwart geld van doen, hou dat goed in gedachten. Voor dit geld is hard gewerkt,' zei ik nadrukkelijk.

'Oké, oké,' verzekerde hij me haastig. 'Maar vet melig was het wel.'

Sinds lange tijd droomde ik weer over Sortavala.

Ik was in de woonkeuken; moeder was aan het koken en druk in de weer bij het fornuis. Ze zag er gezond uit, al wist ik ook in mijn droom dat ze dood was, maar dat voelde niet akelig. Marja dekte de tafel, Helena sneed brood en ik verbaasde me over het feit dat ook Lena zich in het vertrek bevond; ze zat aan tafel en trok het kleed recht met haar vingers.

Ze waren goedgeluimd met hun werkzaamheden bezig, als een groep vrouwen die vloerkleden aan het wassen is bij het meer, terwijl de zon schijnt en het water verkoelend tegen de aanlegsteiger spat. Ik probeerde aan tafel te gaan zitten en te eten, maar de vrouwen spraken op luide toon tegen elkaar en het leek alsof ze helemaal niet naar me luisterden.

Ik probeerde te zeggen dat Marja in Amerika was en dat ik Helena nog maar kortgeleden in de kroeg had ontmoet en dat ze getrouwd was, en Lena, mijn hemel, haar had ik in geen tien jaar gezien. Ik herinnerde me die keer dat ze over de Oelitsa Dekabristov liep en dat ik daar stond en haar nastaarde en dat ze zich niet omdraaide, al hoorde ik aan haar voetstappen dat ze weifelde.

Ik besefte dat er een bord en mes en vork te veel op tafel ston-
den, maar ze wilden niet dat ik meeat.

Ik werd midden in de droom wakker en kon er helemaal niets
mee. Maar ook later die ochtend herinnerde ik me alles nog.

Acht

'Dit uniform ziet er zo superbelachelijk uit dat iedereen mij meteen in de smiezen heeft,' zei ik vertwijfeld.

'Integendeel. Niemand ziet een monteur in een overall staan, en een schoonmaker in werkkledij nog veel minder. Je bent niet eens een mens dan,' zei Ponomarjov tevreden terwijl hij met zijn ID-kaart de service-ingang van het hoofdbureau van politie opende. *Deur sluiten* stond er op een verfomfaaid velletje dat op het raam was geplakt; daarnaast hing een kleiner en netter uitziend papiertje dat de lezer ertoe aanspoorde ervoor te zorgen dat de deur ook echt in het slot viel.

Ik volgde Ponomarjov naar binnen en stelde me voor dat de eerste de beste agent die we tegenkwamen me bij de schouders zou grijpen en bulderend zou vragen wie ik was en wat ik hier te zoeken had. Ponomarjov nam korte, ietwat O-benige stappen en trok de bretels van zijn helblauwe werkbroek op, als een worstelaar die zijn tricot nog even rechttrekt terwijl hij de mat op stapt. Hij leek zich absoluut geen zorgen te maken over het feit dat we op het punt stonden in een politiecomputer in te breken.

Korhonen had me twee dagen daarvoor voor het laatst een bezoekje gebracht. Hij was in de loods verschenen, had een tijdje zwijgend op een schaafbank gezeten en was begonnen spaanders van een stukje hout te snijden. Ik vertelde hem de weinige dingen die ik wist, en Korhonen sneerde dat ik een kalf met mond- en klauwzeer was.

'Jawel, een nieuw import- en groothandelsbedrijf. En de Petersburgse maffia heeft zwaar de zeik in. Er zijn Finnen bij betrokken. En de inlichtingendienst bungelt er weer bij als het touwtje van een tampon,' vatte hij mijn spaarzame informatie bitter samen. 'Toch vreemd, dat niemand iets weet.'

Ik gaf toe dat mijn oogst beschamend pover was en dat mij dat zelf ook verbaasde.

'*En de kleine man is verwonderd en verbaasd*,' begon hij te kwelen, waarna hij weer net zo snel verdween als hij gekomen was. Hij gaf geen antwoord toen ik hem nariep en vroeg hoe de dopingkwestie vorderde en hoe het met mijn andere zakelijke aangelegenheden zat.

'Hang 'm desnoods aan de muur,' schreeuwde Korhonen vanuit de deuropening. Op de schaafbank stond een klein houten vogeltje, met gespreide staartveren die zo fijntjes waren gesneden dat ze omkrulden.

Door Ponomarjov belandde ik weer in het heden, in de gang waar de bureaus aan waren gelegen. 'Pak dat wagentje en die condooms, dan gaan we de prullenmanden legen. We pendelen kriskras van de ene kamer naar de andere, dan valt het niemand op wanneer ik wat langer bij het bureau van Korhonen blijf hangen.' Toen hij zag dat ik het niet had begrepen, lichtte hij toe: 'Die rubberhandschoenen. We werken hier met dermate professioneel spul dat als je het zonder bescherming doet, je al snel overal jeuk krijgt.'

Ik duwde mijn wagentje voort, verzamelde het te recyclen papier in een doos en kiepte het afval in de zwarte vuilniszak die wijd opengesperd over een metalen houder was gespannen. Het politiebureau oogde opgeruimd en neutraal, zoals ieder willekeurig, pretentieloos kantoorgebouw. Toch ving mijn neus een zweem op die in de gangen en kamers hing; het was minder dan een geur maar toch iets wat je opmerkte. Het had iets van langdurig ongewassen kleren en van hondenpoep die zich in de groeven van schoenzolen had gehecht, van smerige handen en ongepoetste tanden en verschaalde drank. Het was zo'n geur die zich langzaam maar zeker over ruimtes verspreidt die door mannen worden gefrequenteerd. Je vond hem terug in kazernes, gevangenissen, de kleedvertrekken van machinewerkplaatsen – en op het politiebureau.

Ponomarjov adviseerde me en liet weten wat ik moest doen, koos de juiste sleutels om afgesloten deuren te openen en glimlachte goedgemutst toen ik verwonderd vaststelde dat hij overal toegang toe had.

'Jep, en kantoormensen denken nergens bij na; papieren, noties en ontwerpovereenkomsten worden open en bloot op het bureau achtergelaten, en met computers zijn ze nog veel onvoorzichtiger. Hier gaat het nog wel, er is een afdeling voor databeveiliging en zo, maar wanneer ze dan op reis gaan en hun laptop meenemen, of ze werken thuis in het systeem van het bedrijf en de kids hebben een spelletje gespeeld op internet of gechat met God weet wat voor geheimzinnige goeroe, dan is er al snel sprake van een risico. Of een gelegenheid,' voegde hij eraan toe, en rond zijn ogen en mondhoeken ontstond een geestdriftige grijns.

Ik had op zich geen problemen met computers, maar vergeleken bij Ponomarjov was ik een beginner die net leerde tekstverwerken. Ik had eens staan toekijken terwijl hij in besturingssystemen, configuraties en netwerken dook, zachtjes babbelend. 'Ah, zo doen ze dat hier, en dat zonder bugs te melden, en zou het probleem 'm soms daarin zitten,' mompelde hij dan, alsof hij door zijn eigen woonwijk wandelde en zich afvroeg hoe hij nu eens naar de winkel zou lopen. Kijk nou, die man is blijkbaar al thuis, zijn auto staat al voor de deur.

Normaal gesproken vroeg ik hem om hulp wanneer mijn eigen computer crashte of als het me niet lukte een bepaald programma te installeren. Maar ik wist dat hij vanuit zijn woning de computersystemen van bedrijven, instanties, organisaties en particulieren bezocht, voor zijn eigen plezier of tegen betaling.

'Problem?' had Ponomarjov zijn zelfvoldane ongeloof summier onder woorden gebracht toen ik hem had gebeld met de vraag of het heel erg problematisch was om toegang te krijgen tot de computer van een bepaalde agent. 'Uitstekend te doen. We kunnen het nota bene ter plaatse afhandelen, je mag mee! Het hoofdbureau van politie in Pasila is een klant van ons schoonmaakbedrijf.'

Ik leegde de prullenbakken en wiste stof en probeerde geloofwaardig energiek te werk te gaan, al leek het erop dat het gebouw helemaal leeg was. Ik waste het koffieservies in de pauzeruimte af en moest lachen toen ik een witte mok met daarop in zwarte letters de naam 'Teppo' zag. Ik vroeg me al af hoe ik Korhonen hiermee een loer kon draaien, maar dat ging natuurlijk niet omdat ik dit niet kon weten. Misschien kon ik tegen hem hinten dat hij de indruk wekte een bezige bij te zijn met een lappenkleedje en een plant in zijn werkkamer en die met een koffiemok in de hand 'We moeten weer eens aan de slag' verzuchtte.

Het was schemerig in Korhonens kamer. Ponomarjov zette de computer uit; het scherm werd zwart en knarste van de statische elektriciteit.

'Kat in 't bakkie,' zei Ponomarjov terwijl hij op zijn borstzakje klopte. 'Ik heb een cd voor je gebrand met daarop al zijn bestanden. Maar die vriend van je lijkt eerder iemand van de pen te zijn; overal liggen notitieblaadjes, terwijl op de computer maar weinig te vinden is. Nou ja, kijk zelf maar. En al zijn e-mails worden nu ook automatisch naar jou doorgestuurd.'

Ik ging op Korhonens stoel zitten en leunde achterover. Ik stelde me voor hoe hij hier zat te schommelen, kijkend door het venster naar de grijze lucht; je moest echt je nek uitstrekken als je de boomtoppen wilde zien. Op de grond stonden een sporttas en een paar wandelschoenen die tot pantoffels waren gedegradeerd.

Aan de wand was een uitdraai met telefoonnummers vastgeprikt die her en der met pen waren gecorrigeerd, alsmede een menukaart van de personeelskantine uit 1997 en een organigram van de politie. Geen ansichtkaarten, geen cartoons, geen kindertekeningen, viel me op. Het enige persoonlijke element in de kamer was een filmposter op de deur van de kast, met daarop John Travolta met getrokken pistool en daaronder de tekst: *If you're playing with matches, you'll get burned.* Een borduurwerkje op linnen dat aan de muur hing herinnerde met rode letters aan de weg, de waarheid en het leven.

Ik stond op, bedankte Ponomarjov en probeerde er gehaast vandoor te gaan.

'Tut tut,' zei hij met een schuin hoofd, 'de toiletten moeten nog worden schoongemaakt. Kom maar, dan leg ik je even uit hoe.'

In Malmi sloeg ik af in het kielzog van een bus en met twintig kilometer per uur hobbelde ik verder. Het beeld van een vertrouwd ogende, schurftige Nissan bleef op mijn netvlies hangen. Ik draaide de Mercedes een parkeervak in; een zelfgeknutseld ogend bordje gaf dreigend aan dat de parkeerplaats alleen bestemd was voor auto's van de makelaardij zelf en van haar cliënten. Ik liep het plein op, dat steeds breder werd naarmate je dichter bij het warenhuis kwam; langs het plein bevonden zich winkels, banken en restaurants. Er stond nog één oud houten huis aan de straat, om te pesten, zo leek het. Aleksejs Nissan stond ernaast. Ik vroeg me af hoe hij erin geslaagd was alle paaltjes te omzeilen die het rijden daar onmogelijk moesten maken.

'Hoe gaat het met broerlief?' knarste ik net zo droog als de ongesmeerde scharnieren van het portier. Aleksej zat met een camera op schoot; het objectief strekte zich helemaal tot onder het stuur uit. 'Wat ben je in godsnaam aan het doen? En wat is dat?'

'Dit is een Zenit TTL, een heel slimme eenlenzige spiegelreflexcamera. En dit is een 500 millimeter telelens, een ouderwets goede scherpschutter, de gunstig geprijsde droom van iedere natuurfotograaf,' ratelde hij alsof hij rechtstreeks uit een catalogus voorlas. Ik herkende het embleem van de Olympische Spelen van Moskou op de camera en herinnerde me hoe hij het ding had gekocht en had aangepast en omgebouwd tot een complex geheel.

'Ja, dat zie ik ook. Maar wat ik niet begrijp is wat je hier wilt fotograferen. De duiven misschien?'

Aleksej zuchtte en oogde zo schuldig als een man van zijn leeftijd maar kon.

'Nou kijk, daar is dus die zaak waar ze Thaise massages geven.' Hij knikte naar de overkant van de straat. 'Ik wacht tot er een geschikt uitziende meneer arriveert, noteer zijn kenteken en bel naar het bureau voor kentekenregistratie. Telefonische

70

dienstverlening, kost niet veel. Wanneer meneer dan met een rood gezicht weer naar buiten komt, neem ik een foto. Bij Sonera kan ik zijn telefoonnummer opvragen, en vervolgens bel ik hem gewoon op en zeg dat je van zo'n massage echt lekker opknapt en dat er helemaal niets erotisch aan is zolang je geïnteresseerd bent in oosterse culturen, dat hoef je mij niet uit te leggen. Maar je wijf zou daar wel eens anders over kunnen denken, dus zal ik de foto's laten ontwikkelen of koop je het rolletje van me? En dan een eerlijke prijs, 500 euro bijvoorbeeld.'

'En deze niche heb je helemaal zelf ontdekt?' Ik probeerde beheerst en geduldig te klinken.

'Nou ja, Matti Kiuru kwam ermee. En samen hebben we zo een paar klanten afgehandeld,' gaf hij toe. Hij gluurde tegelijkertijd naar de deur van de massagesalon, die rechtstreeks op de straat uitkwam. Op een stuk karton in het raam stond vermeld dat je er ook de sauna kon gebruiken.

'Daar komt ie,' fluisterde Aleksej en hij leunde de telelens tegen het stuur, stelde met zijn duim de camera scherp en focuste zorgvuldig. Ik stak mijn hand voor de lens.

'Hé, niet doen, die gast is precies het type dat we zoeken!' gilde Aleksej terwijl hij mijn hand probeerde weg te duwen.

Ik drukte de camera naar beneden en uit het zicht, met geweld. 'Aljosja, geloof me, niet goed dit,' zei ik nadrukkelijk, als een talendocent. 'Die gast daar heet Remes en is precies het type dat je níét zoekt. Ik ken hem. En hij kent mij. Hij schuift met gestolen goederen en fungeert als bankier voor uiteenlopende handeltjes. Als je de fout begaat hem af te persen, dan zal hij je weten te vinden; hij graaft net zolang tot ie je heeft. En in datzelfde gat stopt ie je ook weer terug, met het zand erbovenop. Je zult niet de eerste zijn die hij onder de groene zoden heeft geholpen.'

Zwijgend zaten we in de geur van de Wunderbaum. Om ons heen liepen mensen met boodschappentassen.

'Heb je iets nodig? Ik help je wel, we regelen het samen wel.' Ik probeerde een mildere toon aan te slaan.

Aleksej drukte een paar keer af en draaide het rolletje door, afwisselend met wijsvinger en duim. Ik vroeg me af hoe het licht als een soort materie door het gaatje vloeide dat steeds voor een honderdste van een seconde ontstond.

'Ach, ik geloof niet dat ik per se iets nodig heb. Maar ik wil gewoon iets echt helemaal zelf doen. En geld verdienen. Dat heb je hier wel nodig, voor alles,' verzuchtte mijn broer terwijl hij uit het zijraampje keek. 'En jij kunt wel makkelijk beloven dat je zult helpen, maar ik moet toch in staat zijn voor mezelf te zorgen.'

Er was een e-mail van Marja. Ze vertelde over colleges en essays en over de bibliotheek, en uitte haar verwondering over het feit dat de studenten met de auto naar een nabijgelegen stadje reden en daar kannen vol bier dronken en vervolgens als een stel gekken terugreden. Glimlachend las ik de zinnetjes waarin ik haar zo goed herkende, maar toen ik het bericht afsloot, voelde ik me ontevreden omdat er niet méér in stond. Het was allemaal zo alledaags. Ik schrok op toen er een nieuw bericht in mijn mailbox belandde, en besefte dat het een kopie was van een mail die bij Korhonen was binnengekomen. Ik voelde de neiging om over mijn schouder te kijken en te controleren of niemand het zag; zo moest een gluurder zich voelen wanneer hij door een beslagen ruitje een blik in een sauna wierp.

Ontvanger: teppo korhonen
<teppo.korhonen@politie.fi>
Verstuurd door: tuulia ekström
<tuulia.ekström@interpol.org>
Onderwerp: ik kom

Mijn virtuele schat,

Ik kom volgende week al naar Finland. Die bijeenkomst in Den Haag is afgelast, of liever gezegd verschoven, en dus kom ik wat eerder. Ik vlieg dinsdagavond laat. Nyman reist met hetzelfde toestel, dus kom me niet ophalen.
Ik weet dat ik woensdag meteen 's ochtends een

vergadering heb, maar ik laat je weten hoe mijn schema
eruitziet wanneer ik in Finland ben en te horen krijg
wat de heren allemaal hebben gepland. Efficiënte
en goed voorbereide en in ieder opzicht geweldige
bijeenkomsten, neem ik aan. In ieder geval schijnen
ze geen idee te hebben van de reorganisatie van de
internationale afdeling. Ik snap niet wat daar nou zo
lastig aan is. We brengen de wensen in kaart, besluiten
hoe we te werk gaan en delen dat aan de mensen mee,
that's it! Nou ja, ik zal mijn hart niet verder bij je
uitstorten nu, maar van tijd tot tijd ben ik echt helemaal
kapot.
Heel voorzichtig zeg ik dat het fijn zou zijn om je te zien,
maar ik heb er begrip voor als dat lastig is voor jou.
Ik druk nu op 'send' en denk aan jou. Misschien voel je
dat wel, misschien droom je uitgerekend op dit moment
van me?

Tuulia

Ik verbrak de internetverbinding en zette de computer uit. Tegelijkertijd ging de telefoon. Het was Helena.

'Je hebt niets van je laten horen en dus moet ik mijn trots in-
slikken en jou bellen. Ik stoor toch niet?'

'Absoluut niet,' zei ik, al wist ik het niet zeker.

Negen

Ik was bezig papierwerk af te handelen in mijn kantoor in Hakaniemi. Ik had een bedrijf dat bosbouwmaterieel verhuurde geholpen bij het krijgen van een opdracht in Karelië, maar de drie machines waren in beslag genomen en bevonden zich nu in Voknavolok. Een Fins bedrijf had een nog intact bos opgekocht en voor het omhakken een kleine onderneming ingehuurd, maar zodra de stammen en het pulphout lagen opgestapeld, kwam er een grijze Volga naar de rand van het gekapte stuk bos gereden, en er was een lading hoge pieten uit gerold: mannen van het Karelische ministerie van Bosbouw en de stad Kostomoeksja en God wist welke instanties nog meer. De heren in hun lange grijze jas hadden hun rug gerecht, glimlachend hun hoofd geschud en gezegd dat de verkoper jammer genoeg helemaal geen recht had op dit stuk bos en dat ze zich in feite in een gebied bevonden waar een nationaal park zou komen en dat alles wat groter was dan een eekhoorn hier alleen op pantoffels mocht rondlopen. Bovendien was het hout verkeerd opgestapeld, waren de stammen een duim te lang afgezaagd en voerden de uit het buitenland afkomstige machines ziektes, ongedierte en andere beestjes met zich mee. En de inspectiecommissie had de papieren volgeklad met paarse stempels, kartonnen kaartjes aan de uiteinden van de stapels hout gehangen en de portieren van de machines van kettingen en hangsloten voorzien.

Ik vermoedde dat het in beslag genomen, peperdure materieel door een compleet nieuw bos zou zijn bedekt voordat het probleem langs bureaucratische weg zou zijn opgelost. Of anders zouden de tractoren wel onderdeel voor onderdeel verdwijnen – niet in het kader van socialisatie maar van herprivatisering –

en tussen de wilgenroosjes zou alleen een vlek met een oliegeur achterblijven.

Desondanks stelde ik bezwaarschriften, rectificatie-eisen en beargumenteerde toelichtingen ter zake op, waarmee werd aangetoond dat de subcontractant te goeder trouw had gehandeld en met wettelijk toegestaan materieel. Het zou alleen maar rechtvaardig en redelijk en in ieders voordeel zijn indien hij zijn dure, wegroestende machines mocht ophalen, zodat ze konden worden ingezet bij andere activiteiten die in het kader van Fins-Russische samenwerkingsverbanden werden ontplooid. Met betrekking tot de onenigheden en vergoedingen en het lot van de duizenden kubieke meters opgestapeld hout zouden de Finse koper en de bosbeheersinstantie in Karelië dan afzonderlijk tot een vergelijk kunnen komen. Ik wist, terwijl ik bezig was de papieren in orde te maken, dat ik waarschijnlijk persoonlijk naar Sortavala en Petrozavodsk en Venehjärvi en Voknavolok zou moeten afreizen om een vriendschappelijk bezoekje te brengen aan de veertien boswachters, houtkapopzichters en milieubeheerders, voorzien van een rugzak vol euro's en een krat wodka.

Ik kopieerde alles wat ik had geschreven en zette de dossiermap terug in de archiefkast. De veer van de deur piepte, en ik draaide me om. Midden op het vrije vloeroppervlak stonden twee mannen: een donkerharige met een haakneus was dichterbij gekomen, een blonde, kalende en kortere bevond zich nog bij de deur.

'Gegroet, Viktor,' deed de haakneus meteen amicaal, zonder mijn vadersnaam te noemen, ook al hadden we elkaar al meer dan tien jaar niet gezien.

'Oleg, hallo,' knikte ik terug; ik keek hem in de ogen maar heette hem geen welkom en vroeg niet hoe het met zijn familie ging. Ik had hem meteen herkend en was niet blij verrast.

'Viktor *Kjerp...peh*. Oef, "Kornostajev" was toch makkelijker!' zei hij, de vreemde klanken aftastend. Hij ging in de stoel zitten die voor cliënten bestemd was en schudde met zijn achterhoofd in de richting van zijn krachtig gebouwde metgezel. 'Mijn kameraad hier heet Ilja Gerasimov. Je kent hem niet. Weet je,

Iljoesja is piloot maar hij mocht maar twintig uur per jaar vliegen. Dat is een half uur per week, en dan niet eens elke week. Een vent brengt meer tijd door in een vrouw.' Hij verwachtte niet dat ik zou lachen of glimlachen; zijn woorden waren niet als grapje bedoeld, het was gewoon een opsomming van feiten. De blik in de bruine ogen die ik zo goed kende was onveranderd, vreugdeloos. 'Er was geen geld voor brandstof, en ook het onderhoud en de reserveonderdelen waren niet je dát. Iljoesja heeft de Soechoj laten staan en is voor ons aan het werk gegaan.'

Ik knikte, bewoog mijn hoofd ongeveer een centimeter op en neer. Gerasimov was zo spraakzaam als een koelkast.

'Tja, en dan ik. Ook ik ben opgehouden het vaderland te dienen, jaren geleden al. Ik had de functie van majoor, laatstelijk bij de luchtlandingstroepen van Pskov. Maar uiteraard werden we als Spetsnaz-eenheid overal ingezet,' zei de haakneus niet zonder trots.

We zaten daar en keken elkaar in de ogen. Ik herinnerde me hoe we tijdens de overlevingstraining deel hadden uitgemaakt van dezelfde groep. Met een parachute sprongen we naar een ons onbekende locatie, met een eindeloze hoeveelheid kaarten op zak die allemaal op een of andere manier verkeerd om of onvolledig bleken te zijn. De windrichtingen moesten we vaststellen aan de hand van de tijd, de zon en de sterren. En ik herinnerde me hoe Oleg Nazarjan zich had afgezonderd, hoewel we maar met ons zessen waren, hoe hij de vissen die hij ving in zijn eentje opat terwijl wij anderen een brij uit knolgewassen kookten en pap bereidden van het baardmos dat we van sparrenstammen plukten, en dat we onszelf voorhielden dat dat toch wat energie leverde, dat ook rendieren uiteindelijk daarop overleefden. Wanneer we grapten dat Nazarjan was meegestuurd om onze politieke standpunten te observeren, keek hij ons met een ernstige blik aan en het lukte hem een geheimzinnige indruk te wekken, ons het gevoel te geven dat hij meer wist, en onze pesterijtjes doofden uit als de vlammen van ons povere kampvuur.

Ik had vele maanden in dezelfde groep en in dezelfde hut doorgebracht, blootgesteld aan dezelfde afstompende misère, waarbij het uiterste van je incasseringsvermogen werd verlangd, met rente. De anderen leerde ik kennen tot op de modderige bodem van hun ziel, maar onze Armeense kameraad niet. Hij hield zich meestal stil, glimlachte soms arrogant en volhardde zonder te klagen, ook al was hij niet groot of sterk of zelfs maar een beetje taai.

En toen die speciale eenheid werd opgeheven – voor ons om even onbegrijpelijke redenen als toen ze werd samengesteld – verklapten wij anderen aan elkaar waar we gedetacheerd zouden worden, maar Nazarjan niet. Als iemand het waagde te vragen, gromde hij dat hij richting zuiden zou vertrekken.

'Ik weet nog hoe goed die baarzen smaakten,' onderbrak Nazarjan mijn gedachten. Hij keek alsof hij via mijn ogen de beelden in mijn hoofd had gevolgd en lachte zachtjes, wat ook weer een boosaardige indruk maakte.

'Maar "soep van gisteren vult de maag niet", zeggen de ouderen. We zullen het verleden dus laten rusten,' zei hij genadig. 'Ik ben hier in verband met zaken, voor business.' Hij sprak het op zijn Russisch uit, *bizznezz*, en slaagde er niet in de klanken te verbergen die zijn Kaukasische afkomst verrieden.

'Juist,' zei ik.

'De echelons die ik vertegenwoordig maken zich ernstig zorgen; wellicht druk ik me beter uit als ik zeg dat ze er zwaar de ziekte in hebben dat de zaken hier zo slecht lopen. We brengen koopwaar hiernaartoe en zijn op groothandelschaal actief en deels ook op retailniveau. Maar nu is er dus een wilde concurrent ten tonele verschenen, die parallel importeert zeg maar. En een groot aantal bronnen – ik herhaal: een groot aantal betrouwbare en normaal gesproken goed op de hoogte zijnde bronnen – zeggen dat deze linke concurrenten Finnen zijn. Velen hinten, vermoeden en denken dat jij, Viktor, en je broer Aleksej op eigen houtje zijn gaan opereren.'

Nazarjan wachtte niet of ik zou ontkennen maar ging gewoon verder: 'Ik weet nog dat je in het leger een bezonnen mens was, koelbloedig ook. Je weet situaties in te schatten. Daar vertrouw ik nu ook op. Anders hadden we je al vermoord, op een barmhartige manier wellicht, zonder dat je had beseft dat je doodging. Of nou ja, waarschijnlijk ook niet. Niet barmhartig, bedoel ik.'

Hij leek even over zijn rectificatie na te denken, de verschillende manieren om mij te vermoorden te overwegen. Vervolgens vatte hij zijn conclusie bondig samen: 'En als jij hierachter zat, zou daarna alles weer gewoon bij het oude zijn. En als het toch iemand anders was geweest, zou hij de waarschuwing hebben begrepen.'

'Ik heb niets met drugshandel te maken,' siste ik tegen Nazarjan.

'Best mogelijk. Dat is mij eigenlijk om het even.' Hij vergat de structuur van zijn redenering. 'Maar het speelt zich bij je in de buurt af. Die medewerker van je, hoe heet ie ook alweer, *gospodin* Kiuru; jij bent zo ongeveer de peetoom van zijn zoon. Ik adviseer je, ten bate van jezelf en het gemeenschappelijk belang: kijk een beetje om je heen.'

Nazarjan en gevechtspiloot Gerasimov verdwenen net zo snel als ze gekomen waren. De dichtzwaaiende deur blies een golf warme lucht naar binnen. Ik had het ijskoud.

Tien

Die nacht rinkelde mijn mobieltje. Moeder, dacht ik meteen klaarwakker, en een zware stem binnen in mij zei dat moeder al was overleden, dat haar niets meer kon gebeuren. Vervolgens dacht ik aan Marja en ik rekende zelfs het tijdverschil uit, acht of negen uur in de zomer. De rood oplichtende cijfers van de wekkerradio gaven aan dat het 04:04 was.

'Kärppä,' zei ik.

'Korhonen hier. Je sliep toch nog niet, nu de zomer op zijn mooist is? Ik heb een terrasje gepakt en het is wat laat geworden en ik heb vanochtend een chauffeur nodig. Kom me rond een uur of acht ophalen,' commandeerde hij. Hij vroeg niet of ik moest werken of andere bezigheden had, zei zijn adres slechts eenmaal, al herhaalde hij wel dat het dus naast het overdekte zwembad was, en hij zei dat ik vanuit Tapanila het best via de brug naar de kant van Fallkulla kon rennen en daarvandaan naar Malmi-Zuid.

'Een passend joggingrondje voor jou. Gegroet,' zei hij terwijl hij ophing en ik had niet eens de gelegenheid om te protesteren.

Aan de voetstappen die tot stilstand kwamen kon ik horen dat iemand door het spionnetje in de voordeur naar me keek. Het slot klikte open en voor mij stond een vrouw in een ochtendjas; ze was ongeveer van mijn leeftijd. Ze had kortgeknipt, donker haar en een bril met een rechthoekig, zwart montuur die net iets te laag op haar neus stond.

'Goedemorgen, ik kom Teppo halen,' legde ik uit. Het was vreemd zijn voornaam te gebruiken.

'Teppo, er is iemand voor je,' zei ze terwijl ze zich omdraaide en om de hoek van de smalle gang verdween. 'Liinu, heb je doorgetrokken? En je handen gewassen?' hoorde ik Korhonen zeggen en ik herinnerde me dat hij ook twee dochters had.

Korhonen kwam tevoorschijn – vanuit de slaapkamer, nam ik aan – en knoopte een hemd met korte mouwen dicht. Zijn haar was nog vochtig en glad naar achteren gekamd. 'Kom binnen. Beetje moeizame ochtend. Ik drink nog een bakje koffie,' zei hij, zonder mij iets aan te bieden. Ik liep achter hem aan de woonkamer binnen, die overging in de eethoek met daarachter de open keuken.

Ik ging op de blauwe hoekbank zitten. Alle wanden waren wit, de schilderijen en posters waren opgehangen zoals in een galerie.

'Veel licht heb je hier,' zei ik om iets te zeggen te hebben.

'Inderdaad, Viktor hier zoekt foto-objecten voor een speciale interieuraflevering van een damesblad. Met als thema knus wonen in Jakomäki, Puistola en Malmi, huurwoningen van de gemeente en een bijlage over schimmelvlekken,' kwebbelde Korhonen.

'Moet hij weten wat voor objecten hij zoekt,' snauwde de vrouw. Ze las de krant en dronk koffie uit een mok. 'Niets persoonlijks hoor, ik heb er alleen een hekel aan als Teppo zijn werk mee naar huis neemt, vanwege de kinderen en zo,' lichtte ze toe.

'De gravin is enigszins ontstemd omdat het gisteren nogal laat is geworden... *toen wij zochten naar de wegen van het licht.*' Korhonen maakte er een lofzang van.

De tweeling kwam de woonkamer binnengehuppeld, ging op de grond zitten en zette de televisie aan. 'En honderd mensen antwoorden...' zei een quizmaster langzaam, strijdend met het studiopubliek om de prijs voor de grootste idioot.

'Zachter, Leenu en Liinu,' schreeuwden Korhonen en zijn vrouw in koor.

'Maar dit is juist zo leuk,' probeerde Leenu of Liinu ertegenin te gaan; desondanks schroefden ze het volume naar beneden.

Een opgeschoten, hoekig ogende jongen wervelde langs de ontbijttafel, stapte in zijn skateschoenen en mompelde hoi.

'Schiet 's op, je wacht weer tot het allerlaatste moment, kom nou niet te laat,' ratelde zijn moeder.

'Ja ja, nee,' antwoordde de jongen terwijl hij al door het trappenhuis denderde.

'Teemu heeft een zomerbaantje bij de Prisma-supermarkt,' zei de moeder tegen mij. Ik knikte.

We vertrokken. Korhonen liep stijfjes de trap af. 'M'n achillespezen knarsen goddomme voordat ze zijn opgewarmd,' legde hij uit. 'Hoewel ik me sowieso wat stram voortbeweeg. En dat terwijl ik niet eens zoveel heb gedronken. Maar met een paar whisky's en sigaretten en het gebrek aan slaap... Weet je wat in Tallinn een geijkt menu is? 's Avonds Irina tweehonderdvijftig en de volgende ochtend paracetamol vijfhonderd.'

Eenmaal beneden wierp hij me de autosleutels toe.

'Wacht even, we zetten Leenu en Liinu bij het kinderdagverblijf af.'

De dames kwamen eraan. De een had een blauwe rugzak, de ander een rode. Die waren alvast met het oog op de lagere school gekocht, legde Korhonen uit, waarna hij een voor een zijn zakken beklopte. Sleutels, ID-kaart, mobieltje, peuken...

'Volgens mij staat het koffiezetapparaat in de keuken nog aan, maar dat controleert Ellen wel,' zei hij. 'Papa heeft autobanden die door de Langlaufbond worden aanbevolen,' ging hij verder tegen zijn dochters terwijl hij hen naar de achterbank dirigeerde. 'Die glijden altijd goed.' De meisjes trokken gezichten tegen elkaar en hielden hun lachen in.

'Ja, ik weet het, da's een grapje uit papa's jeugd...' begon hij, waarop de tweeling joelend de zin vervolgde: '...uit de tijd dat schoenen nog niet waren uitgevonden. Een heeeeel oud grapje, stooooookoud.'

Korhonen vertelde hoe ik moest rijden om bij het kinderdagverblijf te komen en bracht zijn dochters daar naar binnen. Leenu en Liinu liepen hand in hand; ze huppelden zoals een paard op een toneelpodium dat doet dat door twee mensen wordt uitgebeeld; er waren altijd minstens twee benen tegelijk in de lucht.

'En waar nu naartoe?' vroeg ik.

'Rij maar naar de kiosk in Tapanila, ik wil even een paar lotto-formuliertjes invullen,' zei Korhonen terwijl hij een sigaret opstak. Ik mekkerde niet over roken in de auto en opende alleen maar een raampje. Bij de kiosk bleef ik zitten wachten, luisterend naar de radio. Een nasale mannenstem zong over een klein hart en vroeg zich af hoeveel dat kon bevatten. Het lied lag prettig in het gehoor, en ik overwoog Marja erover te schrijven. Er kwam een Toyota-busje naast me staan. Een kleine, zwaarlijvige zigeuner landde op het asfalt, merkte mij toen op en kwam met opgestoken hand naar me toe. Ik draaide het raampje verder naar beneden.

'Hallo. Hoe gaat ie?' Hij droeg een broek met rechte pijpen en een windjack waarvan de ritssluiting helemaal tot bovenaan gesloten was; toch leek de man niet te zweten, ondanks het feit dat het weer al zo vroeg op de dag zo drukkend was. 'Ik heb prima Adidas-trainingspakken te koop. Ook winddichte.' Hij gebaarde naar het bestelbusje. Een tweede, langere zigeuner opende de achterklep en hing in doorzichtig plastic gepakte kleren over zijn arm.

'Niet nodig,' zei ik kort. Ik had met de zwaarlijvige wel eens zaken gedaan, hem een paar sloffen sigaretten verkocht, maar zijn naam wist ik niet.

'Ah, je bent geen sportliefhebber? Geeft niet hoor, hoewel beweging goed is voor de mens. Maar handel is de kurk waar alles op drijft. Al is het beleid helemaal naar de knoppen in dit land, en in heel Europa. Ik heb daar eens goed over nagedacht. Moet je nagaan: Finland is een landbouwland, hier is tientallen jaren gewerkt, hard gewerkt, en nu benemen de staat en de EU en de belasting je alle werklust. Ondernemen levert niets op,' preekte hij.

Ik probeerde niet in te stemmen, tegen te spreken, te corrigeren of aan te sporen. Korhonen kwam met een sixpack bier weer naar buiten. 'Nee maar, de senator in hoogsteigen persoon. Hou die vodden uit het zicht, anders moet ik ze inspecteren. En daarmee bedoel ik niet dat ik op zoek ga naar maat 52B,' waarschuwde Korhonen vriendelijk.

De zwaarlijvige schrok niet en maakte geen haast, wiegelde wat heen en weer op zijn voeten en zette zijn hand aan een niet-bestaande pet.

'Niets aan de hand, jongens. We gaan weer aan de slag, uiteindelijk zijn we ondernemers. Het brood komt niet vanzelf op de plank, er moet gewerkt worden,' zei hij waardig, waarna hij zich omdraaide naar het bestelbusje. Ook de andere groette Korhonen met een handgebaar.

'Zigeunerfilosofen Homerus en Blomerus,' zei Korhonen terwijl hij instapte en een stapeltje lottobriefjes in zijn borstzakje propte.

'Je bent niet van plan veel te winnen, zie ik.'

'Ja maar, het is mijn eigen geld hoor. Ik mag het statiegeld altijd houden van Ellen,' grapte hij, maar zijn ogen glimlachten niet. Hij opende een bierflesje.

'Ze is echt intelligent en loopt niet te moraliseren; ze vraagt zich alleen dingen af, soms,' zei Korhonen terwijl hij naar het blauwgele reclamebord op de kiosk staarde. 'Ze is een Finland-zweedse. En psychologe. En met mij getrouwd. Maar desondanks heel intelligent.'

Hij frummelde aan zijn bierflesjes, opende er nog eentje met zijn sleutelhanger. 'Nou zijn die wijven wel weer genoeg opgehemeld. Straks krijgen ze nog pretenties. Rij me nu maar naar Pasila. Ik giet even een paar pilsjes naar binnen en breng de ochtend door met papierwerk. Jij kunt met de trein terug naar huis. Of waar je dan ook naar op weg bent.'

Ik startte de auto en zweeg tot aan de uitvalsweg naar Tuusula.

'Dus je hoefde me helemaal niet te spreken. Je had gewoon een chauffeur nodig vanochtend,' zei ik verwijtend en ik schudde mijn hoofd. 'Ik begrijp jou niet, Korhonen. Je haalt stommiteiten uit, verliest je greep op de dingen. Je moet een hele lading drop eten opdat de stank van verschaalde drank en vers bier niet opvalt en je hebt een gezin en zo, maar laat je toch met andere vrouwen in...'

Korhonen draaide zijn hoofd naar mij, en ik voelde zijn blik op mijn slaap gericht.

'Hou je gedeisd. Ik zit al genoeg met mezelf te worstelen. Ik zag wat er gezwoegd wordt onder de zon, en zie, alles is ijdelheid en jagen naar wind. Zo staat het in Prediker. In de Bijbel dus, kloothommel.'

We zwegen opnieuw. Ik zei maar niet dat door zijn bierconsumptie de citaten aan helderheid inboetten. Bij de stoplichten in Käpylä ging Korhonen verder: 'Niets lijkt van betekenis te zijn. Alleen maar zinloos zwoegen. En geen rust.'

Hij ademde diep in, maar ik zei niets.

'En jij?' Hij bleef het proberen. 'Hoe goed lopen jouw eigen zaken? Over dat drugsgedoe kom je blijkbaar niets te weten, dus óf je informatiebronnen zijn opgedroogd, óf je bent in gedachten met heel andere dingen bezig. Je vraagt je af of je wijf zich door een nikker laat naaien. Daar ben je bang voor. Als ze hier al interesse heeft in een halve Rus, dan kan ze het daarginds net zo goed met een neger doen,' zei hij vals.

Bij het hoofdbureau van politie aangekomen dirigeerde Korhonen me naar de parkeergarage. Ik gaf hem de sleutels en wandelde weg. 'Sorry,' zei hij nog zwakjes.

Ik sjokte naar de trein. Tijdens de rit bleef ik op het balkon staan; de pneumatische deuren sisten open en dicht, en ik zag dat ernaast met viltstift WHITE JUSTICE op de wand was geklad. Wat had dat nou weer te betekenen, godverdomme, voor wie gold dat en wie had dat verzonnen, vroeg ik me af. En ik had de pest in.

Elf

Ik belde naar mijn oom Olavi in Sint-Petersburg.

'Viktor!' zei hij en hij klonk blij verrast maar werd meteen ook weer serieus. 'Nogmaals bedankt dat je ons voor de begrafenis had uitgenodigd. Het was een mooie plechtigheid, je moeder had dat verdiend, ze was een goed mens. Aljosja is tegenwoordig blijkbaar ook in Finland, heeft ie werk en een woning en is alles in orde?'

'Ja hoor. En hij zit nog steeds in de oliebusiness, alleen verkoopt hij nu Mobil in jerrycans in plaats van scheepsladingen van een miljoen vaten voor Sibneft,' grijnsde ik.

'Goed, en zit jij weer eens in de stront?' vroeg Olavi recht op de man af. Ik had nog niet zo lang geleden mijn oom om hulp gevraagd, toen de inlichtingendienst aan de Tehtaankatu me had gedwongen werkzaamheden voor ze uit te voeren. En Olavi had een zucht geslaakt en geholpen. Na een paar onschuldige karweitjes had hij ervoor gezorgd dat mijn dossier in een archief belandde dat pas bij de volgende archeologische opgravingen weer boven water zou komen. En aan de Tehtaankatu en in Moskou lieten ze me sindsdien met rust.

'Ik bekleed geen hoge positie meer in een regeringsorgaan, dat weet je. En het aantal contacten wordt ook steeds minder. Er zitten nieuwe mannen nu, in Armani-pakken en met zijden stropdassen, en ze spreken hun talen,' verzuchtte hij, maar zijn teleurstelling was niet al te groot. 'Die baan als veiligheidsconsulent voor Fortum is voor een gepensioneerde opa als ik prima in orde, ik bedoel niet dat ik terugverlang naar het verleden. Ook al waren de dingen toen beter geregeld en zette niet ieder halfwassen joch zijn schuurdeur tegen je open. En deden ze dat wel, dan sloeg je die gewoon weer dicht.'

'Ik heb die grote neus van je nu alleen maar nodig om wat rond te snuffelen. Want, eh, het vuur wordt me na aan de schenen gelegd hier, er bestaan allerlei verdenkingen. Ken jij misschien iemand bij wie ik navraag kan doen over nieuwe importeurs? De Petersburgse maffia raakt blijkbaar oververhit, en ik zou voor een beetje verkoeling kunnen zorgen, ook onder mijn eigen voeten.'

'Ik neem aan dat dit een veilige lijn is?' onderbrak Olavi me.

'Als het goed is wel.'

'Ja, als het goed is natuurlijk wel,' bauwde hij me na.

'Het is een prepaid verbinding, dus een anonieme simkaart,' zei ik om mezelf te verdedigen. 'Hij kan niet worden getraceerd.'

'*Charasjo*,' zei Olavi uiteindelijk; hij dacht even na en nam toen opnieuw het woord. 'Ik stuur je binnenkort een sms op dit nummer. Vervolgens koop jij een andere simkaart, en dat nieuwe mobiele nummer stuur je op aan het nummer dat ik in het sms'je vermeld. Begrepen?'

'Poeh, nog net ja,' zei ik zogenaamd gebelgd. 'En daarna?'

'Daarna wacht je alleen maar af. Je krijgt vanzelf een naam te horen, al zal dat niet meteen gebeuren. Ik moet eerst even wat voorbereidingen treffen. Maar wat een mens allemaal niet voor zijn neefje over heeft,' antwoordde hij gespeeld opofferingsgezind.

Ik bedankte hem.

Korhonen leunde tegen het spatbord van de Mercedes toen ik in een bestelbusje het weggetje naar mijn huis in draaide.

'Verdomd chique bak dit,' zei hij vol bewondering, en met zijn mouw wreef hij overdreven zorgvuldig over de witte lak, alsof die door de aanraking van zijn broek aan glans had verloren.

'Wat wil je? Ik zie je hier steeds vaker rondhangen. Of heb je weer een lift nodig?' vroeg ik bot.

'Nou tut tut, niet zo emotioneel worden, Kärppä. Ik kon ook niet weten dat dat met je meisje zo gevoelig lag.'

Ik keek hem moorddadig aan.

'Nee echt, sorry,' verontschuldigde hij zich opnieuw. 'Ik weet natuurlijk helemaal niet hoe of wat.' Hij was even stil. 'En trouwens, voordat ze aan de nikkers toe is, werkt ze vast eerst alle indianen, latino's en Angelsaksische protestanten af... geintje-geintjegeintje!' brulde hij en hij lachte toen hij zag dat ik op het punt stond hem een knal te verkopen.

'Oké, slechte *joke*, slechte *joke*, maar ik moest er wel vreselijk om lachen.'

'Dat geouwehoer van je verkort je levensduur nog meer dan het feit dat je rookt. Het is godverdomme toch vreemd zoals jij je muil niet in bedwang kunt houden,' zei ik terwijl ik steeds kwader werd.

Korhonen spon bijna van genot.

'Laten we maar ophouden over levensvraagstukken, ik kan mijn hart beter bij een tijdschriftpsycholoog uitstorten. Vertel me dus liever wie degene was die een auto met chauffeur heeft opgeblazen voor hotel Helkka. Was het explosief in elkaar gezet door de elektronica-afdeling van de remigrantenclub?'

'Ik heb werkelijk geen flauw idee,' zei ik verbaasd. 'Ik heb er-over gelezen in de krant. Ik kende het slachtoffer niet en voor zover ik weet ook de moordenaar niet. De auto's waren me niet bekend. En zonder dat ik er beroepsmatig in geïnteresseerd ben: het lijkt alsof er amateurs aan het werk zijn geweest.'

'Ach, dus zonder dat je er beroepsmatig in geïnteresseerd bent,' zei Korhonen spottend. 'Nou, laat ik eerlijk zijn: ik breng jou er niet mee in verband. Maar ik dacht dat je misschien toevallig iets wist.' Hij glimlachte veelzeggend en zei toen on-verwacht: 'Je hebt ook bezoek gehad van een paar ouwe kame-raden.'

Zeven seconden lang dacht ik na. Toen vertelde ik Korho-nen dat er twee *bad guys* door de stad liepen, Nazarjan met de haakneus en ene Gerasimov, wiens signalement eenvoudig was terug te vinden in een catalogus van Whirlpool of Rosenlew, op de pagina met koel- en diepvriescombinaties van driehon-derd liter.

Helena stond al te wachten op het trottoir, een paar minuten te vroeg. Ze ging naast me zitten – op een schattige manier, vond ik, plaatste haar lange benen charmant schuin en trok de zoom van haar rok een stukje naar beneden. Vervolgens gaf ze me een aai in mijn nek en zei ze: 'Hai.'

We waren een keer of wat samen uit geweest, naar de film en een terrasje pakken en zelfs naar een kunsttentoonstelling over socialistisch realisme, al had ik tegengesparteld met het argument dat ik daardoor omringd was geweest, niet door galerieën maar door socialisme. Toch was ik meegegaan, en ik had er vol weemoed van genoten.

Na afloop legde ik aan Helena uit dat ik met name vreesde dat degene die naast mij naar een schilderij stond te kijken er grapjes over maakte of het ridiculiseerde, en niet leek te beseffen hoe één enkel radertje in een grote machine het systeem als geheel niet kan bevatten, daar niet toe in staat, niet bij machte is, en het een halt toeroepen al helemaal niet. Ik zei dat die schilderijen met hun uitvergrote arbeiders, uitgestrekte korenakkers en hun tractors vol bravoure de geur en de werkelijkheid van mijn kinderjaren in zich droegen. Zelfs al bestond die alleen in mijn hoofd, die werkelijkheid was reëel, probeerde ik uit te leggen. Helena keek me aan en aaide me toen ook in mijn nek.

Ze had me verteld over haar werk. Ze ging 's ochtends naar het laboratorium, trok een witte jas aan en begon monsters te analyseren. Ze staarde in microscopen, splitste kweekjes en identificeerde bacteriepopulaties. Tussen 8:30 en 16:30 uur bande ze haar man Antti, exportmanager van een elektronicabedrijf, uit haar gedachten. Antti was verliefd geworden op een collega, had een appartement gehuurd in het centrum van de stad en Helena en hun achtjarige zoon Perttu in de steek gelaten. 'Het ligt niet aan jou, hoor,' had hij beleefd gezegd, 'maar je begrijpt toch zeker wel dat het leven verdergaat, en het is voor iedereen beter zo.' Helena had niet geweten wat ze daarop moest antwoorden. Ze was niet kwaad geworden en had ook niet gehuild, hoewel ze vermoeid besefte dat ze bedrogen was. Hij had haar eerst verleid en allerlei beloftes gedaan, en haar vervolgens alles weer afgenomen.

's Avonds bekommerde ze zich om Perttu en zijn huiswerk en voetbaltrainingen en ruziede ze met haar man. Hij maakte de dingen met opzet gecompliceerd, zodat hun ontmoetingen altijd uitliepen op gedonder. Antti liep dan hoofdschuddend weg, volledig overtuigd van zijn gelijk, en Helena wist niet of ze nu tevreden moest zijn of verdrietig.

We reden naar het landgoed van Tuomarinkylä, waar we urenlang cider dronken in het restaurant, door het park wandelden en naar ruiters keken. Op mijn beurt vertelde ik het een en ander over Marja – voldoende om het gevoel te hebben dat ik er open over was, maar wel zo weinig dat Helena zich er niet ongemakkelijk bij voelde.

Ik verhaalde wel uitgebreid over Sortavala, over mijn moeder en mijn broer. Ik beschreef hoe Aleksej vroeger accordeon had gespeeld, hoe hij ongelooflijk lange rekensommen uit zijn hoofd had gemaakt en een bril had gedragen, maar dat hij vandaag de dag maar wat rondlummelde, zoals een jobhoppende IT'er van de huidige generatie Finnen die haar tijd voornamelijk in de kroeg doorbrengt, al was ik niet erg goed op de hoogte van die levensstijl. Desondanks verbaasde en verwonderde mijn broer me en ik maakte me zorgen om hem. Hij leek zelfs geen bril meer nodig te hebben.

We kusten elkaar. Ik streelde Helena's aangeklede lichaam, en ze ging op haar tenen staan en strekte haar lijf uit tegen dat van mij. Ze kreunde zachtjes toen ik haar bij de heupen pakte en mijn stijve penis tegen haar schaamheuvel duwde.

'Laten we naar mijn huis gaan. Perttu logeert bij Antti vannacht,' zei ze terwijl ze me van dichtbij in de ogen keek.

We liepen naar de auto en reden naar Oulunkylä. Helena duwde een lange sleutel in het veiligheidsslot; het geknars weergalmde door het trappenhuis. Vervolgens zocht ze een kleinere sleutel aan de bos en opende ze het normale slot en de deur zelf. Ze stapte de gang in, schopte haar sandalen van haar voeten en gooide de sleutels op een tafeltje in de hal neer. Ze deed haar ringen en armband af, zoals een mens pleegt te doen wanneer hij thuiskomt.

Ze liep direct door naar de slaapkamer en sloeg daar de lichtgekleurde beddensprei om naar het voeteinde. Het waren lakens zonder motiefje; het was schemerig in de kamer.

'Jeetje, wat is het hier heet,' zei ze terwijl ze zich begon uit te kleden, en zo te zien bedoelde ze niet dat ze dat deed omdat ze het warm had. Ze glipte het bed in, onder het dunne laken.

Ik legde mijn kleren op een min of meer keurig stapeltje en stapte naast haar het bed in. We lagen tegen elkaar aan; ik streelde haar zachtjes over haar rug en keek haar in de ogen.

'Viktor, weet je: een man die stoffen zakdoeken gebruikt kan gewoon geen slecht mens zijn,' zei ze.

Ik vond dat geen gepassioneerde of opwindende opmerking, maar toch was ik er best tevreden mee.

III

Ik zag, wat er gezwoegd wordt onder de zon,
En zie, alles is ijdelheid en jagen naar wind.

Prediker 1:14

Twaalf

De zomer vorderde. De hittegolf bleef hangen als een lusteloze massa, en het kleine beetje wind dat er stond was niet bij machte hem weg te duwen. Het bouwterrein aan de Eerikinkatu ging vanaf midzomer twee weken op slot. Het tijdschema voor het project was zo strak dat de werkzaamheden niet de hele maand juli konden stilliggen, zoals normaal gesproken het geval was.

Het jaar daarvoor hadden Marja en ik midzomer op het platteland gevierd, waar we dansavonden en vreugdevuren hadden bijgewoond. Ditmaal was ik alleen en bijna verheugd over het feit dat ook Aleksej niet echt een plek had waar hij dit verplichte feest kon vieren.

En dus verwarmden we de sauna en dronken we sterkedrank, en we zongen zelfs een beetje. Aleksej speelde op de accordeon, maar de treurigste wijsjes lieten we achterwege, de liedjes die moeder ons had geleerd. Aljosja bleek verrassend goed te kunnen koken. Ik mekkerde gewoontegetrouw over zijn morsige huishouden, sprak hardop mijn twijfel uit over de stand van de levensmiddelenhygiëne bij hem thuis en vroeg me af of de keukenmeester op het punt van salmonella en hepatitis wel de vereiste score had behaald. Aljosja slurpte op zijn beurt met opzet rechtstreeks van de sauslepel toen hij voorproefde, veegde zijn neus af aan zijn vingers en vervolgens zijn handen aan zijn broekspijpen. Hij schaafde de kaas expres scheef af en grijnsde. We brachten ook veel tijd zwijgend door, alleen, ook al bevonden we ons in hetzelfde huis of dezelfde tuin. Op zijn wildst was ons midzomerfeest toen we naar het wereldkampioenschap voetbal keken, ook al was Rusland inmiddels uitgeschakeld.

Na midzomer keerde Aleksej terug achter zijn toonbank met reserveonderdelen en ikzelf gaf me verbaasd over aan een vakantiegevoel, want ik was er niet aan gewend volgens enige algemeen aanvaarde arbeidstijdregeling te werken. Ik ging aan de slag wanneer daarom gevraagd werd.

Dat was nu niet het geval.

Niemand was bezig een zakelijke transactie met Rusland tot stand te brengen; de Russische echtgenotes van Finse mannen bleven braaf thuis en hoefden niet te worden opgespoord, en ook de remigranten leken zich momenteel uitstekend in hun eentje te redden en papieren en subsidieaanvragen zelf in te kunnen vullen.

En aangezien er geen werk was, rommelde ik maar wat aan. Ik schakelde de telefoon van mijn kantoor door naar mijn mobieltje en werkte thuis. Ik sleepte de computer en de vaste telefoon met een verlengsnoer naar buiten, ging onder de parasol zitten en stelde advertenties op voor diverse verkoopsites op internet, waar ik bouwmaterialen aanbood en een brave, achtjarige halfbloedmerrie verkocht. Een kennis van me in Estland had het paard als deelbetaling voor een lading zware metalen ontvangen en probeerde die nu in Finland te gelde te maken. Verder verkocht ik namens anderen antieke Moskvitsjen en Volga's en Popeda's. Die stonden in een hal in Vyborg te wachten – met alle bijbehorende papieren, verzekerde ik de koper. En als dat niet het geval was, dan werden de bijbehorende papieren alsnog in het leven geroepen – een ononderbroken keten van vorige eigenaren die aan het echte chassisnummer en de typecodering waren gekoppeld, zodat de nieuwe bezitter zijn hobbywagen kon laten registreren.

Ik was verbaasd geweest over de populariteit van dat oude schroot. Kopers waren er voldoende, maar in zakelijk opzicht was het waardeloos. Je moest de spullen van binnenplaatsen en uit schuren wegslepen, en hoewel je er bijna niets voor hoefde te betalen, was het transport ervan bewerkelijk en duur, en de zeer prijsbewuste kopers verhieven het afdingen tot sport. 'Ik ga echt niet meer dan dertig betalen voor die acculader daar,' zeiden ze dan, hoewel ze voor hun puntneuzige Moskvitsj precies die ene en geen enkele andere zesvolts gelijkstroomlader nodig hadden en daar al lange tijd naar op zoek waren. En ik probeerde hun duidelijk te maken dat ik ze alleen maar verhandelde om in mijn levensonderhoud te voorzien, en dat ik verder geen interesse had in die dingen. Wat niet wegnam dat ik zelf ook een Volga had, een fijne en mooie lichtblauwe auto met een hertje op de motorkap en een geur die precies goed was; ik moest alleen de opknapbeurt nog even voltooien.

Karpov stuurde een paar kisten met illegaal gekopieerde cd's mee met een van zijn vrachtwagens en ik distribueerde die aan vlooienmarkten en een paar platenzaken waarvan de trouwe klanten wisten wat er onder de toonbank verkrijgbaar was. En ook het marktkraampje aan de snelweg naar Porvoo was geopend en verkocht zijn waren gestaag, zodat ik de voorraden moest aanvullen. Maar alles bij elkaar genomen was het in zakelijk opzicht rustig.

Ik maakte me niet druk over mijn werk of mijn werkloosheid en bracht zelfs wat tijd door met tuinieren. Ik repareerde de omheining, verwijderde een aantal seringen en snoeide de struiken. Ik kocht een grasmaaier en kortwiekte het gazon tot in de puntjes. Ik stond verbaasd van mezelf toen ik 's avonds de tuin nog stond te sproeien en vervloekte samen met de buurman de hitte en de droogte, als regenmakers onder elkaar.

Ik stelde me ook voor hoe fijn het zou zijn om Marja blootsvoets door de tuin te zien lopen, in shorts en een T-shirt. Om samen te zijn. Thuis.

De studentenflats aan de Antti-Korpintie waren in plastic ingepakt, als gigantische geschenken. Ik parkeerde de Mercedes langs de weg en slenterde over de binnenplaats, wierp een blik in de trappenhuizen en bleef rondhangen in de deuropening van een flat die al gerestaureerd was. Studenten kwamen en gingen, ik telde de naveltruitjes en de zogenaamd oude trainingsjacks en de gitzwarte capes.

Ik had in mijn leven genoeg drugsgebruikers gezien om er eentje te kunnen herkennen. Een kwartier moest ik wachten, toen kwam er een tengere jongen naar buiten; hij was een tikje onrustig en overdreven energiek en beweeglijk. Ik zat op de rand van een betonnen ophoging en moest een sprintje trekken om bij hem te komen. Ik klopte hem op de schouder. De jongen draaide zich om, keek me steels aan met een schuldige blik maar vermande zich meteen.

'Wat zit je te duwen. Laat me met rust.'

Hij rook naar angst. Ik keek hem in de ogen en zei niets, vormde alleen een vage glimlach met mijn mond terwijl mijn ogen koud bleven kijken.

'Wat wil je? Echt, ik heb niks bij me wat de moeite waard is om te stelen,' zei hij; zijn stem was verrassend laag maar door de gespannenheid klonk hij toch knarsend. Hij klopte op zijn zakken, als om aan te tonen dat hij geen geld had. Ik hief mijn hand waarschuwend omhoog, deed de jongen verstijven alsof ik een goochelaar was, liet hem krimpen.

'Niet zwaaien. Doe helemaal niets. Hou je handen daar waar ik ze kan zien,' zei ik. Ik zei er niet bij dat ik dat zo wilde omdat hij misschien een gebruikte naald in zijn zak had, met daarin een springlevende collectie ziekteverwekkers, waaronder het hiv-virus en de hepatitissen A tot en met Z. Dat ik daar bang voor was, liet ik hem niet zien; ik wilde de macht niet uit handen geven.

'Kom mee, we gaan die kelder daar binnen,' zei ik terwijl ik de deur op niet-hoffelijke wijze voor het joch openhield.

We liepen de trap af. In de keldergang bevonden zich de deuren naar het stroomverdeelsysteem, het washok en de sauna. De betonnen vloer was egaal en schoon, en er was net een dikke laag verf overheen gesmeerd.

Ik trok de deur naar de kleedruimte van de sauna open. Die was leeg en rook subtiel naar de shampoos van de dag ervoor en naar langzaam vervliegende vochtigheid. Ik snuffelde wat en luisterde naar het luchtverversingssysteem en vroeg me af in hoeverre deze verbouwing echt geslaagd was: de poten van de zitbanken begonnen al zwart te worden, en ook de schrootjes aan de wand kleurden aan de onderzijde al donker.

Ik zei tegen de jongen dat hij moest gaan zitten en dat hij bij me in het krijt stond. Ik wil wat informatie en een paar verklaringen, ging ik verder voordat hij kon tegensputteren. Ik zei dat ik wist dat we elkaar nog nooit hadden ontmoet en dat we dat in de toekomst ook niet meer zouden doen, zolang hij besefte dat dat bevorderlijk was voor de gezondheid van hemzelf, zijn naaste familie en zijn nog ongeboren kinderen. Hij deed er goed aan negatief te denken nu, en zich alles voor de geest te halen wat maar enigszins pijn deed en smartelijk was.

'Ik ben geen corrupte agent en geen goede engel en ook niet een of andere ex-verslaafde die afvalligen redt door ze met Jezus in contact te brengen,' stak ik van wal, teneinde de vragenautomaat van de jongen te legen voordat hij er een kwartje in kon stoppen. 'Laten we het erop houden dat ik schulden invorder. En dat jij mazzel hebt omdat je je schulden al vooraf mag betalen. Dat is mijn eigen uitvinding: een schuld waarvan je niet wist dat je 'm had maar die ik desondanks kan vereffenen.'

Het was niet nodig langdurig vragen te stellen, hem aan te raken, te knijpen, te forceren of te slaan. De jongen vertelde alles waarvan ik wist dat hij het zou prijsgeven: de naam van een paar kleine spelers en een aantal adressen. Een daarvan wees hij aan terwijl et zijn vinger naar boven ging; hij fluisterde het nummer.

Ik belde in hetzelfde trappenhuis aan en plantte de jongen voor de deur neer; zelf ging ik aan de scharnierkant staan wachten. 'Juha, je bent er wel heel snel,' vroeg degene die opendeed verwonderd. De stem was van een vrouw. Ik kwam tevoorschijn, zei doei en bedankt tegen de jongen en liep het appartement binnen. Ik trok de deur achter me dicht en gaf beleefd aan dat ik schoenen noch jas zou uittrekken.

De vrouw, of het meisje, week terug naar het midden van de woonkamer. Langs de muur stond een oude leren bank. Op de grond stonden een kartonnen doos en in vorm gegoten stukken piepschuim waar zojuist een *home theatre* en een stuk of wat kleine luidsprekers uit waren gekomen. De televisie en de video-installatie stonden op een zwart, blokvormig tafeltje, en vanaf de vensterbank werd de kamer in de gaten gehouden door een grote stoffige cactus. Het appartement ademde een sfeer van leegte en tijdelijkheid, maar het was er geenszins smerig.

De vrouw had asymmetrisch geknipt stekelhaar. De uitgroei was donker, hoewel ze probeerde voor een blondine door te gaan. Of anders deed ze juist haar best een geblondeerde brunette te lijken. Ze had lichte X-benen en duwde haar handen onzeker in haar kontzakken terwijl ze in gedachten probeerde te raden wie ik was. Ze was een tikje gezet; haar jeans kwam net niet tot haar navel en het shirt begon halverwege de zachte buik. Haar borsten puilden er aan de bovenkant uit, en de gleuf ertussen was zichtbaar door de halsopening. Ik wachtte af. Het werd steeds duidelijker dat de vrouw een meisje was; ze draaide en keerde op de plek waar ze stond en knikte met haar hoofd en tuitte haar lippen. In haar neus zat een piercing.

'Oké, dus, goeiemorge dus, wat kom jij hier, eh... doen, zeg maar?' Ze probeerde normaal te klinken en blies haar pony voor haar ogen weg. Ik liet de situatie nog wat ongemakkelijker worden, opende de deur van de slaapkamer en wierp een blik in de badkamer. Er was verder niemand.

'Kijk me aan en luister,' beval ik en het meisje bewoog zich nog heel even onrustig maar staarde me toen met donkere ogen aan.

'Jij bent ongetwijfeld in allerlei rottigheid verwikkeld, maar dat interesseert me eigenlijk niet. Maar je gaat me wel een paar dingen vertellen. Van wie krijg je je shit? Dus dat spul waarvan je een piepklein beetje voor eigen gebruik koopt en dat je soms toevallig aan vrienden aanbiedt, zonder winst uiteraard,' onderbrak ik haar verklaring nog voordat ze die in woorden had kunnen gieten.

'En voor het geval je naar politieseries op tv hebt gekeken: denk maar niet dat ik een taperecorder ergens in m'n bilspleet heb verborgen en een microfoontje achter mijn oor, of dat je je advocaat mag bellen of andere flauwekul. Ik ben een brave en betrouwbare man, echt een stabiele vaderfiguur, en jij vertelt mij wat ik wil weten en vergeet daarna meteen dat ik hier geweest ben. Misschien kun je naar je pappie in Toijala of weet ik wat voor kutdorp op de heide gaan, waar je ouders trots rondvertellen dat hun Irmeli al in het derde jaar van de universiteit zit.'

'Van de handelshogeschool,' piepte het meisje, maar ze schrok toen ik siste en vermoeid mijn hoofd schudde.

'Ik ken 'm niet,' vertelde ze uiteindelijk en ze schrok opnieuw omdat ze bang was dat het als een excuus klonk. 'Nee, echt niet. Maar ze kennen mij wel. Ik heb een e-mailadres en daarop wordt het vierentwintig uur per dag bijgehouden, dus constant. En dan komt er een bestelling, dus zeg maar bijvoorbeeld van tweehonderd euro, en dan duurt het maar even of er komt iemand op een scooter langs, met een helm op het hoofd. Alsof je een pizza bestelt maar dan zonder dat je met kortingsbonnetjes kunt betalen, alleen met geld, contant, en ik heb ook wel eens iets op de pof gekregen maar dat probeer ik dus zo min mogelijk te doen.'

Toen ik niet meteen antwoordde, voegde ze er voor de zekerheid nog aan toe: 'Ik weet dus alleen maar zijn e-mailnaam. Of hun naam, ik weet niet of het er eentje is of duizend. Alauda at loket dot com.'

Dertien

De telefoon ging. 'Met Juho Takala, hallo.'

Mijn gedachten moesten even op gang komen, maar toen was ik blij verrast en vroeg ik hoe de oude veteraan het maakte.

'Ik ben momenteel in Helsinki. Geen plezierreisje, overigens, ik sta nu in het ziekenhuis. Thuis heb ik er niet veel over verteld. Als je niets beters te doen hebt, mag je me wel komen halen. Gaan we even koffiedrinken. Ik ga vanavond met de trein terug.'

Ik beloofde Juho op te halen en vroeg niet wat de diagnose was. Hij zou die misschien ook helemaal niet hebben verteld; Marja's opa wist wat hij deed en nam zelf besluiten over dingen die hem betroffen.

Ik was de voorgaande zomer bij Marja thuis geweest, en in de winter ook een paar maal. Haar ouders waren in mijn ogen verbijsterend jong nog, in de vijftig pas, en naar mijn maatstaven ook nog jeugdig voor hun leeftijd. Naast hun dochter leek ik al bijna gepensioneerd. Ze hadden een moderne melkveehouderij en Marja's moeder werkte bij de salarisadministratie van de gemeente.

Marja's broertjes voerden hun brommers op, reden er na het dorsen mee over de stoppelvelden en in de winter op het ijs, pestten hun grote zus maar keken niet vreemd op toen ze mij zagen. En ik kon met de beste wil van de wereld ook niet beweren dat haar ouders, Esko en Raija, hun neus voor mij ophaalden of op me neerkeken. Daar had ik me nogal zorgen om gemaakt, en ik had van tevoren aan Marja gevraagd hoe ik me moest gedragen, waar ik over moest praten en of er dingen waren die ik moest mijden, maar ze had gezegd dat ik gewoon alleen mezelf moest zijn. Dat maakt toch allemaal niet uit, had ze gezegd, en ik had gejammerd dat het mij wél wat uitmaakte. En ik was een tikje verbitterd geweest toen Marja mij zorgeloos samen met haar ouders alleen aan tafel had laten zitten en zelf in de tussentijd iets anders was doen, of toen ze tijdens het koffiedrinken had gezwegen en het aan mij had overgelaten om de stiltes te vullen. Van tijd tot tijd glimlachte ze geheimzinnig: stel je niet aan, grote vent, je hebt wel ergere dingen meegemaakt, of waren dat soms allemaal verzinsels van je.

En dan had je Juho nog. De grootvader of grootpapa of opa, zoals Marja hem noemde. Hij nam mij meteen apart in zijn eigen zitkamer en begon vragen te stellen. Hij zette eerst zijn eigen verhouding tot de oosterburen uiteen en hoe die werd vormgegeven door het jarenlang ontwijken van Russische kogels en granaatsplinters. Hij hoorde me uit over mijn afkomst, en ik vertelde dat een van mijn grootvaders in de oorlog had gevochten maar dan aan de kant van de tegenstander; dat hij, gebruikmakend van zijn kennis van de Finse taal, was gedeserteerd. Ik wist echter niet of daarbij vrouwen en kinderen waren gedood; dat kon ik niet garanderen, uiteindelijk was het oorlog. Ik vertelde dat mijn opa ook de zuiveringen had overleefd, maar wel zijn officiersrang was kwijtgeraakt. Hij had zijn brood en zijn kool en zijn aardappels verdiend als schrijnwerker in een fabriek in Helylä, waar voor de oorlog schoolbanken en andere meubels werden vervaardigd voor Finse scholen, en na de oorlog ski's voor de langlaufers in Sovjet-Karelië.

Ik vertelde dat ik mijn opa zelfs nooit had gezien. Hij was lang voor mijn geboorte overleden, en mijn vader verloor ik toen ik nog een klein jongetje was. Ik was trots geweest op mijn vader en zijn uniform, had de parades gevolgd waarin hij als hoofd van zijn pantsercompagnie nauwgezet bevelen had uitgedeeld aan zijn mannen, zwaaiend met de vlag. En ik stond in het publiek en wuifde met een stok waarvan de punt was voorzien van een feestelijk ogend purperen lapje stof.

Ik legde uit dat mijn moeders vader al voor de oorlog was overleden en dat mama en oma samen in Leningrad waren geweest tijdens het beleg, waar mijn moeder nooit hardop over sprak. Ik vertelde Juho dat er thuis Fins werd gesproken, maar alleen in ons eigen gezin. Mijn vader was niet van zijn overtuigingen af te brengen, hoe vaak mijn moeder hem ook zei: kijk nou toch hoe je eigen volk wordt behandeld. Familieleden van ons werden naar Vorkoeta en Kazachstan en God weet naar welke afgelegen steppen gedeporteerd, en ook vader werd niet bevorderd in het tempo waarin dat volgens mijn moeder had moeten geschieden. Naar dat soort gesprekken durfde je welbeschouwd niet eens te luisteren, en het leek wel alsof de lamp aan het plafond in de woonkeuken nog minder licht gaf dan normaal wanneer moeder kwebbelde en vader mopperde.

Juho zette mij aan het werk, en wilde tegelijkertijd laten zien hoeveel kracht hijzelf nog had, zo'n grote oude man. We tilden eerst een aambeeld, waarna hij een personenweegschaal ophaalde om de kracht van zijn vingers te meten. Juho wist dertig kilo te drukken, Esko vijftig en ik vervolgens zeventig, zonder iets te zeggen; ik ging gewoon door met het dragen van zakken kunstmest. Ik pakte er twee tegelijk van de trekker en rende ermee naar de schuur.

Er moest ook geschoten worden. Ik zag dat Marja ons door het raam observeerde toen haar opa zijn jachtgeweer haalde, een omgebouwd militair geweer. Ik stelde het wapen zorgvuldig in en vuurde toen vijf schoten af op de schietschijf die aan de wand van de schuur was aangebracht. Toen ik klaar was, vertoonde de roos één enkel gat, zo klein dat Juho en Esko hardop hun verwondering uitten. Ik zei, mezelf enige trots gunnend in mijn stem, dat die kolf wel een beetje lastig was voor een linkshandige maar dat het geweer verder lekker stabiel lag.

En nu zat Juho dus op de passagiersstoel van de Mercedes; hij verdronk zo'n beetje in zijn donkere kostuum.

'Nou, wat is er met je aan de hand?' vroeg ik zonder omwegen.

'Kanker. In de darmen. Dat zei de plattelandsdokter ook al, maar ik wilde per se naar Helsinki. Nu staat het vast,' zei Juho alsof hij het over het weer had.

Het duurde nog even voordat de trein vertrok. Ik zei tegen hem dat ik hem mijn huisje kon laten zien als hij dat wilde, en daar reden we naartoe. Juho zat roerloos naast me, met de veiligheidsgordel hoog in zijn hals, als bij een kind.

'Je hebt nu een fatsoenlijke auto,' sprak hij ineens. Hij ging verder met datgene wat hij al van tevoren had uitgedacht: 'Ik begon mijn krachten te verliezen, weet je, ik werd zo snel moe. En toen merkte ik dat er bloed in m'n stront zat. Er worden meters darm verwijderd. Dus ik zal wel zo'n zakje aan m'n zij krijgen.'

In de tuin kon hij ook over andere dingen praten; opgelucht maakte hij complimentjes over mijn huis, over de degelijke fundering en de stevige balken. Alleen de vensters nog een beetje bijwerken en wat isoleren en dan had ik een prima onderkomen, waar de luchtverversing een mens gezond hield; geen last van schimmel of bronchitis. Ik zette koffie, sneed een paar plakken koffiebrood af en droeg de kopjes, de melk en de suiker naar de tafel in de tuin.

'Voor de dood ben ik niet bang. Toen ik nog jong was wel, toen ik in de schuttersput lag en de kogels me om de oren vlogen; toen dacht ik: nu toch hopelijk nog niet.' Juho's gemoed was opnieuw beklemd. 'Maar de pijn, en het lijden, en anderen tot last zijn. En dan nog het verdriet en het geweeklaag en het medelijden van die anderen, hoe kan een mens dat volhouden.'

Hij keek me recht in de ogen en ging verder: 'Ik zat te denken... als jij het Marja nou eens vertelt. Dat is altijd een beetje opa's meisje geweest. En als je ook verder zou kunnen zorgen dat...' zei hij, maar de zin werd onderbroken doordat mijn mobieltje rinkelde. Op het display zag ik dat het Helena was.

'Hoi, ik kan nu niet praten, ik bel je later,' zei ik en ik voelde me klote.

Veertien

Ik belde bij Aleksej aan. Het spionnetje in de deur werd donker en ik wist dat hij aan de andere kant stond.

'Klop klop klop, wie is daar,' citeerde hij een kinderboek uit de sovjetjaren.

'Postiljon Petsjkin, ik breng u een bromvlieg.' Ik herinnerde me het juiste antwoord nog.

Aleksej deed open met een bierflesje in zijn hand en slenterde toen terug naar de bank, waar hij onderuitgezakt ging zitten. De tv stond aan. Een donkerharige man was bezig een blonde vrouw van achteren te nemen; de man had een klein buikje, de vrouw droeg panty's en hoge hakken. Aleksej dempte eerst het geluid, zocht vervolgens naar de andere afstandsbediening, stopte de video en zette toen de televisie helemaal uit.

'Goh, een doe-het-zelfprogramma,' grijnsde ik.

'Dit soort dingen zag je vroeger op *Ostankino* nooit, dat pornogedoe bedoel ik,' zei Aljosja. 'En jij ziet eruit alsof je weer eens op het punt staat te gaan preken, broertje. De jongens op het werk hebben van die video's,' zei hij bijna defensief.

'Hé, wat mij betreft kun je desnoods de *Teletubbies* in alle rust bekijken. Maar als je het kunt opbrengen om met me mee te gaan, mag je me bij een karweitje helpen,' beloofde ik. Aleksej goot zijn bier naar binnen en bracht het lege flesje naar de keuken. In de gang leunde hij tegen de wand terwijl hij zijn benen een voor een schudde tot de pantoffels van zijn voeten vielen. Hij stapte in zijn schoenen zonder de veters los te maken, en zonder schoenlepel.

'*Let's go*,' zei hij, om aan te geven dat hij klaar was.

Tijdens de rit telefoneerde ik om te zeggen dat we eraan kwamen. De verkoopmanager stond op het laadbordes te wachten.

Ik reed het bestelbusje achteruit naar de juiste plek.

'Hoi. Dit is mijn broer, Aleksej,' zei ik.

'Huttunen,' zei de verkoopmanager terwijl hij hem de hand schudde. Hij had een stijf rechtopstaande kuif en droeg een poloshirt van een zaak in huishoudelijke apparatuur. Het rugpand was volgeklad met bedrijfslogo's, en op de borstzak zat een naambordje.

'Deze zijn het?' vroeg ik en ik knikte in de richting van een aantal koelkasten en fornuizen op het laadbordes.

'Inderdaad. Ze doen het nog goed, we hebben ze allemaal uitgeprobeerd.' De verkoopmanager opende hier en daar een deur en draaide aan de knoppen van de kookplaten. 'Bier koud zetten, broodjes in de oven en klaar is Kees.'

Ik laadde de apparaten samen met Aleksej in het busje. Een grote, oude vrieskist moest ik laten staan, die paste er niet meer bij.

'Dit is voor jou en de jongens,' zei ik tegen de verkoopmanager, en ik overhandigde hem een plastic tas. Er zaten een paar flessen wodka en twee sloffen sigaretten in. 'We bellen,' beloofde ik.

De man zwaaide ons na. Ik reed het terrein af en zag in de achteruitkijkspiegel dat hij de tas naar een geparkeerde auto bracht en de kofferbak opende. Ik draaide de weg op, en het beeld in de spiegel veranderde; toen ik een blik over mijn schouder wierp, zag ik de man de ijzeren trap naar het laadbordes al op klimmen, zonder tas, met drie treden tegelijk.

'Goddomme, is ie van plan alles zelf te houden?' mompelde ik. En ik ging verder tegen Aleksej: 'Dit is zo'n zakelijke activiteit die jij eigenlijk voor je rekening zou kunnen nemen. Weet je, mensen kopen een nieuwe koelkast of een nieuw fornuis en laten de oude bij de winkel achter. Daar betalen ze een verwijderingsbijdrage voor. Nou, en wij halen die spullen op, geven die jongens iets voor de moeite en brengen de apparaten naar Karelië. Prima spul allemaal, hoeft alleen een beetje te worden opgeknapt. Iedereen trekt er voordeel van. De klant is van zijn oude apparatuur af, de winkel ontvangt de bijdrage en spaart geld uit doordat ze niet zelf met de spullen hoeven te sjouwen en niet hoeven te betalen voor het verschroten, de jongens krijgen een fles drank en sigaretten voor de moeite. En aan de andere kant van de grens krijgen mensen een redelijk goed functionerende koelkast, voor weinig geld.'

'Wat mij betreft is dat in orde,' zei Aleksej en hij klonk tevreden.

'Het levert geen kapitalen op, maar ook de onkosten zijn beperkt,' zei ik nog. 'Goede, betrouwbare business met een paar betrouwbare winkels.'

Vijftien

De man aan de telefoon stelde zich voor als advocaat, braakte een hele rits achternamen uit en zuchtte uiteindelijk zijn eigen naam, Lepistö, alsof hij hem tussen haakjes uitsprak. Hij wilde niet vertellen waarom hij belde maar eiste een persoonlijke ontmoeting. Ik sprak een tijd af en ging naar mijn kantoor.

Lepistö was punctueel, parkeerde zijn grijze Audi langs de stoeprand en zocht naar een parkeerautomaat. Vervolgens kwam hij binnen: een jongeman in een grijs pak, een geruit hemd en een gestreepte stropdas, en met rode wangen.

'Ja?' zei ik nadat hij zijn introductielitanie had herhaald. Hij bleef eerst staan maar verstoutte zich toen te gaan zitten, hoewel ik hem daartoe niet had uitgenodigd.

'Ja, dus.' Hij schraapte zijn keel. 'Ons kantoor vertegenwoordigt een cliënt in deze zogenaamde dopingkwestie van de Langlaufbond,' zei hij.

Ik vroeg me af wat er 'zogenaamd' aan de kwestie was. Ik fronste mijn wenkbrauwen en wachtte af, maar Lepistö was nog niet bereid verder te gaan. Ik herhaalde zijn laatste woorden: 'Dus, de dopingkwestie van de Langlaufbond?'

De advocaat – of liever gezegd de kommaneuker, dacht ik stiekem – had even tijd nodig om moed te verzamelen: 'Onze cliënt is een trainer die in Centraal-Finland actief is, u kent hem wel. Hij heeft consultatiewerkzaamheden verricht voor de Langlaufbond en om die reden is hij in dit verband verhoord. En zodoende zouden wij nu graag op zekere wijze willen coördineren hoe...'

'Dus Pavel wil weten wat ik heb verteld. Of hij wil me verzoeken niets te zeggen. Of om de schuld op me te nemen,' onderbrak ik hem.

De vlekken op Lepistö's wangen gloeiden als waarschuwingslichten.

'Wel godverdomme! Ik zit in de stront vanwege het geknoei van die vent. Zeg jij maar tegen Pavel dat er één blaadje papier van hem in mijn dossiers zat, één enkel volkomen onschuldig farmacologisch kloteprogramma. En hij kan er gif op innemen dat ik dat niet voor mijn rekening neem. Ik ben gedwongen me te herinneren dat dat een van Pavels plannen was. Vertel hem dat maar.'

Lepistö hield zijn aktetas op zijn schoot als een soort bescherming, opdat de klappen niet op zijn middenrif en zijn onderbuik landden. Ik gaf hem er nog een paar: 'Zeg tegen Pavel dat hij dat farmaceutische groothandelgedoe van hem zelf maar uitzoekt en dat hij mij erbuiten moet laten. De waarheid is wat mij betreft meer dan voldoende. En help hem eraan herinneren dat ik ook later nog heel goed zal weten hoe hij gehandeld heeft als hij verkeerd handelt – en ook als hij juist handelt. Precies zo mag je dat tegen hem zeggen.'

'Goed, oké, dat was duidelijk. Ik zal het hem zeggen, echt. En ik wil benadrukken dat mijn cliënt op geen enkele manier ergens aanspraak op wilde maken. Dat zeg ik hier met klem.' Lepistö knikte, pakte zijn aktetas vast en maakte aanstalten om weg te gaan. Bij de deur draaide hij zich om en hij gaf me een hand. 'Bedankt en tot ziens dan maar.'

'Even goede vrienden,' zei ik.

Ik keek hem recht in de ogen. Hij kromp ineen en ging ervandoor.

Zestien

Marja schreef maar zelden, verhaalde over alledaagse gebeurtenissen, somde de namen van haar medestudenten op en vergat nooit te ondertekenen met 'liefs' of 'een zoen'. Ik mopperde terug dat ik me afvroeg of ik op een of andere manier onbelangrijk en oninteressant was, of dat dat soms alles was wat ze me wilde zeggen. Ik stopte mijn berichten vol met vuur en passie. Tegelijkertijd was ik bang dat Marja door mijn gejammer en beschuldigingen verder van mij zou afdrijven, dat ze zou denken dat ik een zeur en een zeikerd was. Over Juho's ziekte had ik nog helemaal niets kunnen schrijven.

De voor Korhonen bestemde berichten ploften in mijn mailbox alsof het postorderpakketjes waren. Hij stuurde moppen en cartoons die via e-mail de ronde deden door aan een paar vrienden, maakte afspraken voor een partijtje tennis en stelde vragen over voetbalwedstrijden voor senioren. Tuulia liet niets van zich horen, maar toen zag ik een mailtje dat Korhonen zelf had verstuurd.

Tralala trielala troelala tidee,

Tuulia, mijn liefste. Ik heb veel nagedacht over het feit dat je hier bent. Ik denk aan je vol verlangen, smachtend, lijdend. Aan hoe het voelde, hoe alle stukjes op hun plaats vielen, of nog beter, dat al het slechte verdwenen was. Misschien is dat een illusie, een fout, zoals jij zegt, en wellicht heb je gelijk. Liefde mag immers geen drug zijn, geen verslaving, niet benevelend, niet dwingend. Ik weet dat je dat zo zou zeggen, omdat ik je zo goed ken. Dat hoef je me dus allemaal niet te schrijven!

*Ik wil eerlijk tegen je zijn, dat probeer ik althans, en
dus biecht ik op dat ik me ook schuldig voel, verdrietig,
omdat ik zo zwak ben. Nu ga jij mijn angst natuurlijk
analyseren, en je zegt dat het mijn superego is, dat het
cultuurgebonden gevoelens betreft en dat God en ook
het geloof niet meer is dan dat, dingen die er in zijn
gestampt. Maar je kunt niet beweren dat die dingen in
mijn hoofd niet waar zijn. Dat kan niemand zeggen. Ik
kan ze ook niet loochenen, hoewel ik het heb geprobeerd.
En evenmin kan ik mijn liefde voor jou loochenen,
verdrijven.*

*Ook denk ik na over de vraag wat vleselijk is en wat
hoger is dan dat, en of daar überhaupt verschil tussen
zit. De mens is een dier en een man wordt gestuurd door
zijn instincten; een vrouw natuurlijk ook, maar ook dat
is door God bepaald, niet door de duivel. Dat is wat ik
geloof of mezelf voorhoud.*

*Goed, je bent hier niet veel wijzer door geworden, maar
weet dat ik de hele tijd aan je denk en dat ik volkomen
de kluts kwijt en in de war ben. In mijn hoofd klinkt het
de hele tijd dong... dong... Wat staat me te doen? Of ons?
Wacht ik tot jij ons in een bepaalde richting duwt, of de
een in de richting van de ander?*

Onbegrijpelijk, dat je van mij kunt houden.

Veel liefs,
T

*PS/ Ja, ja, ik zorg goed voor mezelf. Al zie ik dan ook
geen gevaar.*

Ik vroeg me af of de vrouw Korhonen Teppo noemde of een ander koosnaampje voor hem had, of gewoon T tegen hem zei. En
die hoofdletter T, waar kende ik die van? En ik vroeg me ook
af of mijn eigen mailtjes aan Marja net zo gepassioneerd leken
wanneer een buitenstaander ze las. Of net zo kinderachtig en
overdreven romantisch?

Zeventien

Het bouwterrein aan de Eerikinkatu kwam weer tot leven. De cementmolens knarsten eerst terwijl de opgedroogde klodders beton loslieten, de automatische stoppen in de centrale gaven een knal door de onverwachte hoeveelheid ampères die ze moesten verwerken, en de persluchtleidingen floten op de plekken waar gaten zaten. Maar al snel was het lichaam weer in zijn oude staat teruggekeerd, als was het gereanimeerd en herrezen.

Voor de werkzaamheden aan de vloer was een nieuw team gearriveerd, zes of zeven zwijgzame, serieuze mannen. Ik hoorde dat ze Ests spraken maar ging geen praatje met ze maken. Vlak voor de schaft kwam de opzichter kijken hoe wij vorderden. We waren op de eerste etage bezig groeven in de oude verdiepingsvloer te hakken voor het buizenwerk, en nog een etage hoger was Antti Kiuru samen met Lesonen en Jefimoff tussenwanden aan het plaatsen, van prefabelementen die in metalen frames werden gemonteerd. De opzichter, een lange, zwijgzame man met een helm op zijn hoofd slenterde naar ons toe; hij schraapte zijn keel enigszins ongemakkelijk en zei toen: 'Eh, dus, ja, de eh, controleurs komen er waarschijnlijk zo aan, die eh, mannen van de eh, vakbond en de arbeidsinspectie en dat soort dingen, die dus eh, min of meer de vergunningen willen controleren.'

Ik rechtte mijn rug en keek de opzichter aan.

'Onze papieren zijn allemaal in orde,' zei ik.

'Ja ja, goed, daar eh, twijfelde ik ook niet aan,' haastte hij zich te zeggen. Hij kuchte weer eventjes voordat hij verder ging: 'Koponen brengt die lading zo meteen, die met die mortel en zo, en ook de tegeltjes zitten er al bij. Dus zodra die loodgieters en elektriciens boven klaar zijn, kunnen we daar aan de slag. Dat dus die spullen worden uitgeladen zodra Koponen er is. Dus ja. Dan eh, schiet dat hier ook lekker op. Dus.' Haastig liep hij weer weg.

Tijdens de schaft was het rustig in de bouwkeet. De mannen die de vloeren legden, waren er niet. De controleurs kwamen wel en leken al te weten dat ze waarschijnlijk niemand zonder werkvergunning zouden aantreffen.

'Maar weinig arbeidskrachten hier, voor zo'n groot bouwterrein,' zei de man van de vakbond; hij was een jaar of vijftig en had weinig spieren meer. Daaraan kon je zien dat hij niet langer zelf op de steigers stond.

'Tja, ik weet het ook niet. Dus eh, dit hier zijn mijn mannen, en dat is het team van Kärppä. Die werken voor mij,' zei de opzichter zonder op de insinuatie in te gaan.

De controleur liep op mij af en keek me over zijn bril aan.

'Kijk aan, de beroemde onderaannemer Kärppä in eigen persoon. Die aan iedere vinger een firma heeft. En waarschijnlijk ook aan iedere teen.'

'Had je nog iets te melden of ben je tegenwoordig fysiotherapeut? Die firma's zijn allemaal geregistreerd, kijk het maar na. Hier zijn de papieren van alles en iedereen in orde,' verzekerde ik hem.

'Klopt. Hier wel,' antwoordde de vakbondsman met klem; hij moest even laten merken dat hij niet achterlijk was.

Hij pakte een hamer, balanceerde die in zijn handpalm, pakte toen een schroef uit een kist en sloeg die met de hamer in een gipsplaat.

'Weet je wat dit is? Een Russische schroevendraaier,' lachte hij. Waarna hij op kille toon verder sprak: 'Ik heb alleen maar vreemde verhalen gehoord, over heel goedkope arbeidskrachten die hier voor een week of wat naartoe komen en geen woord zeggen, die dag en nacht hard zwoegen, die worden gebracht en opgehaald door een bestelbusje en die van een of andere Fin, of althans iemand die Fins spreekt, te horen krijgen wat ze moeten doen. En geen fiscus of vakbond of pensioenfonds of wat voor godvergeten westerse rechtsstatelijke instantie ook die weet wat er gaande is. Dat soort dingen hoor ik dus.'

Hij kwakte de hamer op de grond en liep weg.

'Luister eens even aandachtig en poets je oorsmeer weg met staalwol. En blaas er dan ook nog wat perslucht doorheen,' riep ik hem achterna. 'Die gipsplaat is nu naar de knoppen, die mag je vergoeden,' riep ik hem achterna.

'Beetje stopverf erop en likje verf erover, dan is ie weer als nieuw,' lachte de controleur terwijl hij wegliep.

Mijn team had staan luisteren, en de mannen draaiden zich nu zwijgend om en gingen weer aan het werk. Zij hielden hun mond wel, ook al kregen ze om de zoveel weken nieuwe collega's.

Bij deze opdracht werden we hetzelfde behandeld als de mannen die bij de hoofdaannemer in dienst waren; we werden per uur betaald, met af en toe een bonus wanneer het tempo omhoog moest omdat een bepaalde fase sneller moest worden afgerond. Aangenomen opdrachten, vooral wanneer het restauratiewerk of de bouw van een eengezinswoning betrof, waren anders. Dan maakte ik een berekening op basis van bijvoorbeeld tien mannen, inclusief alle sociale lasten en verzekeringen en dergelijke, waarna ik een offerte opstelde die een derde goedkoper uitkwam en het werk liet doen door vijf legale en vijf tijdelijke krachten. Die jongens kwamen uit Vyborg, Priozersk of Sortavala, hadden een toeristenvisum voor zes maanden of reden met bessenplukgereedschap in de kofferbak rond om de schijn op te houden. Ze deden hun werk, woonden in de loods of op het bouwterrein. Vaak was één kamer als laatste aan de beurt om opgeknapt te worden, en dan was het hup, een koelkast en een kookplaatje en een paar matrassen op de grond. Ik betaalde tien, vijftien en soms zelfs twintig euro per uur, zo schoon in het handje als ik kon. De klant kreeg een renovatie voor weinig geld, ikzelf beleg op mijn brood en de jongens geld waarvan ze thuis weer een tijdje fatsoenlijk konden leven.

Ik wist dat de staat en de sociale verzekeringsinstanties er een paar centen bij inschoten, maar zag mezelf toch niet als een heel erg grote zondaar. Toch moest ik in dit lokale samenwerkingsverband blijkbaar nog wat beter op mijn tellen passen. En ik had ook beter niet kunnen uitvallen tegen die controleur.

Achttien

'Duzzzz, doe 's lief lachen,' beval Aleksej terwijl hij zijn mobieltje op mij richtte.

'Zeg alsjeblieft dat je die van iemand geleend hebt,' zei ik hoopvol, en ik wist dat het vergeefs was.

'Nee hè, begint Boekenwurm weer,' antwoordde Aljosja met zijn mond tot een zogenaamd beledigde streep getrokken. Hij pestte me met de bijnaam waar hij mij als kind al mee had geërgerd, wanneer ik zat te blokken voor een proefwerk of tekeningen zorgvuldig met potlood inkleurde.

'Boekenwurm, huh. Je was zelf een studiebol, je deed het op school beter dan ik,' bracht ik hem in herinnering. Hij was geselecteerd voor de groep van leerlingen met wiskundig talent en was eerst naar een speciale afdeling in Petrozavodsk gegaan en vervolgens naar Leningrad. Hij had ons nog maar zelden thuis opgezocht en was oud en vreemd geworden, een jongen uit de grote stad die een bril droeg en een leren tas had. Ik wist nog hoe de metalen sloten heel precies vastklikten op de zijvakken van de tas, die van dik bruin leer was gemaakt dat naar dieren rook. Ik had naast Aleksej op de bank in de woonkeuken gezeten, met die sloten gespeeld en toegekeken terwijl hij zijn rekenliniaal verschoof en de sinussen en tangenten in zijn schrift met ruitjespapier noteerde.

'Jawel, maar jij was toen een boekenwurm en nu nog steeds,' verdedigde hij zich. 'Ik was alleen maar een natuurtalent. En ik snap ook best dat het kleine broertje zich er op een of andere manier doorheen moest slaan. We zijn allebei succesvol met datgene wat de natuur ons heeft gegeven, en bij jou zijn dat meer de fysieke eigenschappen. Ik wil dat heus niet bagatelliseren, uiteindelijk is langlaufen ook belangrijk.'

'Probeer er niet omheen te draaien,' sloeg ik terug. 'Je hebt een mobieltje met camerafunctie gekocht. Wat was er mis met die drieëndertig dertig?'

'Nou ja, die had toch erg zwakke spraakeigenschappen,' antwoordde hij alsof iedereen dat wist of alsof de *Consumentengids* dat had getest. 'En deze was niet duur. Bovendien kan ik hiermee heel makkelijk een foto maken en die aan Irina mailen.'

Ik realiseerde me dat Aleksej voor het eerst sinds lange tijd over zijn vrouw sprak, die in Moskou was achtergebleven. Meteen na zijn aankomst in Finland had ik naar haar en hun zoon Sergej gevraagd. Hij had geantwoord dat alles vast in orde was; Irina werkte voor een oliemaatschappij, was een praktische mathematicus en verantwoordelijk voor een grote boekhoudafdeling, en thuis zorgde ze voor haar oude vader, terwijl de zoon was afgestudeerd als ingenieur en software codeerde, de hele nacht achter de computer zat en Coca-Cola dronk.

'Schoonpapa gaat naar Rjazan verhuizen, zijn hele familie woont daar, hij trekt bij Irina's oudste broer in. En Irina komt in het najaar hiernaartoe, naar mij. Serjozja blijft in Moskou. Die interesseert zich niet voor Finland,' vertelde Aleksej enigszins ongemakkelijk. 'Irina en ik zijn al vijfentwintig jaar samen. Ik kon dat gezeur van d'r alleen niet meer verdragen. Maar nu is het toch een beetje te stil. Een mens is niet graag alleen.'

Ik zei maar niet dat ik wist waar hij het over had.

Op het beeldscherm verschenen verbijsterend nauwkeurige lijsten met namen, gevolgd door geboorte-, doop-, huwelijks- en sterfdata. Ik typte nieuwe zoekcriteria in en probeerde uit te vinden of Stina Lovisa Julkuin en Christina Lovisa Julkunen een en dezelfde persoon waren. Beiden waren met ene Josef getrouwd geweest, en ook de plaatsnaam kwam overeen. Maar nee, toen Fredrik werd geboren zou Stina vijftig jaar zijn geweest. Of zou haar geboortedatum verkeerd zijn genoteerd?

Het voelde vreemd om levensverhalen te lezen en te beseffen dat dit familie van mij was, mijn voorvaderen. En ik wist helemaal niets over hen.

Toen ik nog een kind was, werd er bijna niet gesproken over de familieachtergronden of over onze Finse wortels. Zelfs het feit dat dat onbesproken bleef, werd genegeerd en niet ter discussie gesteld, dat wist je gewoon. Soms hadden we mensen op bezoek die de oudere generatie beweende en kon ik uit de gedempte gesprekken ongewone namen oppikken: Vorkoeta, Ust Kamenogorsk, Doesjanbe... Ze haalden herinneringen op aan mensen van wie ik zelfs nooit had geweten dat ze bestonden, hun eigen ooms en neven en nichten, voormalige buren ergens in Toksovo en Miikkulainen.

Later, veel later, lichtte moeder een en ander toe, hoewel ze zei dat gedane zaken geen keer nemen dus waarom zou je erover treuren, dat is verleden tijd en liever vandaag een goede dag dan gisteren. Ze vuurde het ene spreekwoord na het andere af, met vochtige ogen, glimlachend en treurend tegelijk. Over vaders familieachtergrond wist moeder niet veel, haar Niilo-Nikolai had daar ook bijna niets over verteld. De Kärppä's waren Ingriërs – wanneer en waarvandaan ze daarnaartoe waren verhuisd wist niemand – en woonden en leefden daar in pais en vree, totdat ze door de zuiveringen werden weggeveegd als broodkruimels van een tafel en de overgebleven familieleden zich verspreidden over de hele Sovjet-Unie. Vader was niet bij machte daarover te verhalen; hij durfde zich niet af te vragen waarom zijn vader had overleefd en zijn ooms niet, waarom mijn opa goed genoeg was bevonden om aan de grote patriottische oorlog deel te nemen, als lid van de luchtlandingstroepen nota bene, terwijl hij eigenlijk een stempel in zijn pas had moeten krijgen waaruit bleek dat hij de verkeerde nationaliteit had.

Moeder had mijn hand vastgepakt en gezegd dat ze er ondanks alles vrede mee had. Ze sprak ook over 'in Gods aanschijn' staan, een begrip dat mij onbekend was. Maar ik begreep haar wel toen ze zei dat vader en zij alleen maar hun best hadden gedaan rond te komen en te overleven en te geloven dat Aleksej en ik het beter zouden krijgen. Het zou te veel gevraagd zijn van de kleine man in zijn kleine huis in een dorp als Sortavala om de hele wereld ter verantwoording te roepen, of de hele Sovjet-Unie, want dat was toch hetzelfde. Zoiets durfde je niet eens te denken. Een eerbaar mens werkte, paste zich aan, hield zijn hoofd boven water en bouwde. Dat kon niet zondig zijn, zei moeder en ik zag dat die kwestie haar zorgen had gebaard. Ik wist ook niet wat ik daarop moest antwoorden; ik zei niet eens dat zij zo goed was geweest als je in alle redelijkheid van een mens kon verlangen.

Over haar eigen achtergrond had ze verteld dat haar ouders rond 1920 de grens over waren gelopen, op de vlucht voor de armoede en de verbittering die het gevolg waren van de burgeroorlog. Moeder was in Petrozavodsk geboren en had haar familie in Finland nooit ontmoet en evenmin contact met die tak onderhouden; alleen gedurende haar laatste levensjaren had ze namen als Pirinen, Korhonen en Ronkainen genoemd.

Na moeders begrafenis doorzocht ik haar papieren, en in een laatje van het dressoir vond ik bankboekjes en oude, door de USSR uitgegeven roebelobligaties, die ze zeer zorgvuldig had opgeborgen. In een envelop met papieren die bij het huis hoorden bevond zich boven op de stapel een handgeschreven velletje briefpapier, waarop moeder de namen van haar familieleden had genoteerd, zo goed als ze zich kon herinneren, met geboortedata en plaatsnamen en namen tot aan het midden van de negentiende eeuw.

En die namen was ik nu aan het uitzoeken, met behulp van oude kerkboeken uit de oostelijke provincie Savo die op internet waren geplaatst. Ik zocht in doop-, huwelijks- en overlijdensregisters. Ik stelde me voor dat iets in de ogen en de houding van die mensen overeenkwam met die van mij, en die van mijn kinderen, ooit.

Negentien

'Kärppä,' antwoordde ik toen mijn mobieltje rinkelde.

'Ah, goed, eh. Kent u iemand met de naam Korhonen, een agent?' vroeg een vrouw die zich niet nader voorstelde. Ik zei ja. 'Hij verkeert momenteel een beetje... op de verkeerde plek. En in slechte toestand. Misschien kunt u hem komen halen. Er is nogal haast bij, denk ik,' zei ze. Ze noemde het adres. De Lyhtytie. Ik wist niet waar die straat was maar de vrouw legde het omslachtig uit tot ik het begreep; ik beloofde meteen te komen.

Ik ging met de Mercedes; het was ongeveer vijf minuten rijden. De straat kwam uit op een industriegebied, bij een omheining van versterkt gaas en een hek. Het geasfalteerde terrein baadde in het harde licht van halogeenlampen. Aan de rand stond een loods met een laadbordes, waar motoren stonden en een matzwarte oude Amerikaanse auto. Op de stijl van het hek was een deurtelefoon aangebracht. Boven op de overkapping aan de voorkant van de loods stonden twee satellietantennes, met schotels van zeker een meter of twee doorsnede.

Ik drukte op het knopje van de telefoon.

'Ja?'

'Iemand hier heeft gebeld, ik kom Korhonen halen.'

Er kwam geen reactie. Ik wachtte af. Mijn ogen begonnen te wennen aan het harde licht, en ik zag een bewakingscamera; ik keek er recht in maar lachte niet. Het elektronische slot zoemde open.

Via de stalen deur van de loods kwam ik in een schemerige, warme ruimte uit. Er klonk luide muziek, de bassen dreunden zo diep dat mijn hart in hetzelfde ritme mee begon te slaan. De hal was met tussenwanden verdeeld in plafondloze kamers. Twee mannen met stoppelbaarden waren aan het biljarten aan een grote tafel. De muren waren zwart geschilderd en absorbeerden het licht van de laaghangende lampen. Er kringelden rookslierten omhoog; ik rook sigaretten en de zoetige geur van hasj.

In een leunstoel zat een man die een smalle strook haar midden op zijn hoofd had. Hij wist dat ik achter hem stond maar bleef gewoon naar de televisie staren. Ik kon niet opmaken naar welk programma of welk kanaal hij keek, want het scherm werd ineens donker toen hij met de afstandbediening de tv uitzette. Hij verkreukelde zijn colablikje en scoorde er een driepunter mee in de prullenbak. Vervolgens keek hij me aan, in zijn stoel hangend als Marlon Brando toen die zijn topgewicht had.

'Ik wilde vragen of de kapper nog open was, maar voor een permanentje moet ik denk ik de andere ingang hebben?' zei ik.

In het gezicht van de man was geen beweging vast te stellen; hij knipperde alleen loom, als om aan te tonen dat niets hem uit het lood sloeg. Hij droeg een zwarte broek, een zwart T-shirt en een zwart leren gilet. Zijn armen waren onbedekt en je had bijna verwacht dat ze vol tatoeages zouden zitten. Er zat alleen een armband om zijn pols.

Ik beschouw mezelf niet als een bijzonder moedig man; het is eerder zo dat ik goed aanvoel wanneer ik moet vluchten en hoe ik gevaar moet omzeilen. Maar als puntje bij paaltje komt, weet ik mijn angst te verbergen. Ik sta rechtop en kijk mensen in de ogen, soms zelfs met een lichte glimlach, en ik wacht geduldig af. En soms ontsnapt er een opmerking aan me die gezien de situatie zo absurd is dat de balans automatisch in mijn voordeel doorslaat. Ik wist dat de man bezig was zich af te vragen waarom ik niet jammerde of ineenkroop, en of ik een pistool achter mijn broekriem had gestoken of een granaat bij me had, of een heel bataljon handlangers in de bosjes verstopt hield.

Hij kwam tot een conclusie en besloot dat ik mans genoeg was.

'Grapjas,' zei hij zonder zijn stem te verheffen. 'Neem die makker van je mee. En zorg dat ie wegblijft. Dit is geen geschikte plek voor 'm,' zei hij en hij pakte een nieuwe Cola Light uit de koelkast. Ik wist een opmerking over de Weight Watchers in te slikken. De man ging weer in zijn stoel zitten en begon te zappen. 'Al is hij ons wel goed bevallen. Het was een uitstekende briefing. Jouw zonden zijn je ook vergeven.'

Hij richtte zijn blik weer op mij en lichtte toe: 'Omdat je dus niet betrokken bent bij die handelssituatie. Als dat wel zo was geweest, hadden we je ook hiernaartoe laten komen. En dan zouden we je grondig hebben bewerkt.' Hij maakte een hoofdknikje in de richting die ik op moest lopen en concentreerde zich weer op de televisie. Ik begreep het bevel en ging verder de loods in.

Op de wanden van de volgende kamer bewoog zo'n ouderwets psychedelisch kleurorgel; cirkels en ellipsen van verschillende afmetingen draaiden op verschillende snelheden in het rond, en de figuren die op een vaste plaats werden geprojecteerd lieten de kleuren langzaam uitvloeien. Korhonen zat in een leunstoel; zijn ogen staarden in het niets, zijn mond stond een stukje open. Hij droeg alleen een overhemd, en ook dat was geopend. Zijn penis rustte kleintjes op het bed van schaamhaar, op een manier die een vrouw ontroerend zou noemen terwijl de man erachter probeert te komen of haar stem mild en dankbaar klinkt of spottend.

Korhonen was nu niet bezig de verschillende nuances te analyseren; hij zou op dat moment gefluister niet kunnen hebben onderscheiden van geschreeuw. Toen ik mijn hand voor zijn ogen heen en weer zwaaide probeerde hij zijn blik te focussen, en hij leek zich even te hervinden. Er hing spuug in zijn mondhoek toen hij glimlachte.

'*Zusje ik zou zo graag blijven, maar de snelweg is heet, de lichten der stad...*' zong hij schor. Hij veranderde van melodie en toonsoort en galmde: '*Toen de stad haar lichten doofde...*'

'Laat dit concert maar zitten, Pavarotti,' zei ik. Ik hielp hem overeind, ondersteunde hem met een arm en probeerde zijn sokken en onderbroek bijeen te rapen, die op de grond lagen.

'Pava. Rotti. 't Is toch van de zotti,' babbelde hij terwijl hij zijn onderbroek alle kanten op draaide om te bepalen hoe hij die aan moest trekken.

Er stond een vrouw op van de bank; ze droeg een slipje dat alleen uit touwtjes bestond, verder niets. 'Hallo,' zei ze enigszins onzeker. Ze duwde haar haren vanaf de slapen naar achteren. Haar kleine borsten bewogen zich bijna niet.

'Hé, hallo,' wist ik uit te brengen. 'Ben jij degene die gebeld heeft?'

'Nee, dat was Janna daar,' zei ze met een hoofdknikje in de richting van de bank. Onder de verkreukelde lakens was een blonde pluk haar zichtbaar. 'Die slaapt al.'

Ik kleedde Korhonen aan alsof het een kind betrof. De vrouw volgde het tafereel zwijgend. Ze was jong en had donker haar, in de schemering zag ze er heel lieftallig uit. Desondanks leek het me sterk dat ik haar in de winter op langlauflatten in de sneeuw zou aantreffen, een frisse neus halend.

'Heeft Korhonen zich erg aangesteld... ik bedoel, heeft ie zich erg in de nesten gewerkt?' vroeg ik.

'Valt wel mee denk ik. Daarom hebben ze je ook gebeld, dat ie nodig naar huis moest,' verzekerde de vrouw me.

Ik wist Korhonen op de een of andere manier in de kleren te hijsen en beval hem mee te komen. Hij liep op de vrouw af en kuste en masseerde haar hals en haar borsten; van haar mond moest hij afblijven.

'Je ziet er niet uit joh. Ga nu maar,' sputterde ze tegen.

Ik sleepte Korhonen half met me mee en zette hem tegen de deurpost. Marlon zat nog steeds even massief in zijn fauteuil. Ik ging naast hem staan en boog me zo ver voorover dat mijn lippen zich op een centimeter afstand van zijn oor bevonden. Aan de rug van zijn hand kon ik zien dat zijn huid zich spande. Misschien verwachtte hij dat ik zou bijten.

'Ik weet niet wat jullie allemaal hebben uitgevreten. Maar ik weet wel dat als Korhonen dankzij jou in de problemen raakt, hier een zodanig gezelschap op de stoep verschijnt dat de horizon verduistert en de hemel splijt en jouw helse engeltjes daarna alleen nog met een rollator rondcrossen,' zei ik zachtjes.

De vetrollen in zijn nek verroerden zich niet. Toen draaide hij zijn hoofd langzaam om.

'Oei, wat een zware jongen. Ik doe het in m'n broek,' zei hij honend, waarna hij zich weer op de televisie richtte. Een grote rottweiler sjokte naar de man toe, ging voor hem zitten en zuchtte zwaar, met zijn kop schuin. De man strekte zijn hand naar hem uit en de hond begon zijn oren tegen 's mans vingers te wrijven.

'We hebben alleen even wat informatie uitgewisseld, als makkers onder mekaar. Misschien dat ie voorlopig even geen urinestalen moet inleveren. Maar hé, daar is ie helemaal zelf verantwoordelijk voor, welke genotsmiddelen hij tot zich neemt. Wij zijn alleen maar gastvrij. Tot ziens.'

Hij wuifde me genadig weg met zijn hand.

Ik zat een tijdje achter het stuur van de Mercedes en ademde rustig de geur van de auto in, zoog de gelijkmatige stilte in me op. Korhonen knikkebolde in de passagiersstoel en hield voor de verandering eens een keer zijn mond. Ik startte de wagen en reed weg.

Ik had nog maar net naar de derde versnelling geschakeld toen ik door een andere auto werd gesneden. Hij duwde me de weg af, scheef het talud op. De deur van de Mercedes werd opengetrokken.

'Een zeer goede avond gewenst, Viktor Nikolajevitsj,' sprak Nazarjan in het Russisch. Gerasimov stond met gespreide benen achter hem, stevig op de grond geplant. 'Had je een zakelijke bespreking met de heren motorliefhebbers? Zijn zij degenen die voor de distributie zorgen?'

'Nee maar, klopt het dat dit oom Nasse en Geronimo zijn?' Korhonen was op het verkeerde moment wakker geworden. 'Wisten jullie, jongens, dat Chroesjtsjov een groot bewonderaar was van de indianen en dat ie daarginds op de steppen zijn bloedeigen stammen wilde laten settelen? En dus werd er een omvangrijk vermeerderingsprogramma gestart, maar de indianen hadden het er niet naar hun zin, of in ieder geval plantten ze zich niet voort, zo in gevangenschap. En dat terwijl jullie zelf al Inuit en Oeigoeren en weet ik wat nog meer hadden. Nee verdomme, ik heb het mis. De indianen behoren genetisch tot dezelfde kluit als de Eskimo's en de Ostjaken en de Vogoelen en zo. Chroesjtsjov wilde maïs kweken, geen roodhuiden,' besloot hij zijn lezing opgewekt.

'Godverdomme nog aan toe, je haalt de takken van die stamboom van je door de war. Hou je achterlijke muil nou even en vouw je handen tot aan de ellebogen en bid dat deze heren geen Fins begrijpen, als je leven je nog een klein beetje lief is,' siste ik.

'Ja ja, maar die Nizoral hier snapt er toch niets van en Genitalius zou niets zeggen zelfs al kon hij het verstaan,' ging Korhonen verder.

'Die vent is geschift en lult maar een eind weg,' legde ik Nazarjan uit. 'Dit is agent Korhonen van de politie.' Ik sprak zijn naam op zijn Russisch uit en Korhonen probeerde iets te zeggen. Ik gaf hem met mijn elleboog een por in zijn ribben en ging verder: 'Het zit zo dat ik alleen maar deze man hier even heb opgehaald. Ik weet niet wat voor banden hij met die motorgang heeft. Hij is van een speciale politie-eenheid en heeft speciale contacten. Net als ik. En ik geloof dat er een familielid van hem bij was, een broer misschien.'

Nazarjan stak een dun sigaartje op. De blauwgrijze rook zweefde mijn neusgaten binnen. In mijn geheugen dook een vlekkeloze herinnering op, waarvan ik zojuist nog niet had geweten dat ik die had. Het was een beeld van ons toen we nog soldaten waren, tijdens de speciale opleiding. Het bos was herfstachtig vochtig, het kampvuur kwijnde weg en Nazarjan zat gehurkt een westerse sigaret te roken terwijl de anderen het met handgerolde of slecht brandende peuken moesten doen die uit een pakje *Belomorkanal* werden opgediept. Het beeld dat ik zag was helder en gedetailleerd; het voelde alsof ik oude, nietingeraamde dia's op de bodem van een doos had gevonden.

'Jij hebt altijd wel een verklaring voor alles. En die zijn zo slecht dat je vast nog wel betere weet te verzinnen. Misschien kloppen ze wel,' sprak Nazarjan terwijl hij de rook in zijn longen gevangen hield. 'Maar ik weet niet of mijn opdrachtgevers dit soort logica begrijpen, of ze met dit soort redenaties uit de voeten kunnen.' Hij klonk als een wonderkind dat zich bewust is van zijn weergaloze intelligentie. 'Ik vermoord je nu niet, want dan zou ik ook die makker van je moeten omleggen. En een agent vermoorden brengt weer andere problemen met zich mee. Voor de rest maakt het niet uit hoeveel er sterven, twee of zes of tien... kleine negertjes. Zolang eentje ervan maar de juiste is.'

Nazarjan mikte zijn peuk met een boogje op straat. Het gloeiende puntje lichtte op in het donker.

'Tot ziens,' sprak hij.

Ik wist dat ik zijn woorden niet zou vergeten en dat ik regelmatig over mijn schouder zou kijken. Ik zou bukken om te controleren of er een bom in de uitlaat van de auto zat. Ik zou in het donker de wacht houden, om er zeker van te zijn dat er niemand in mijn huis was.

'Wat een wirwar, wat een reutemeteut,' kwebbelde Korhonen. 'Nizoral en Clearasil... nou ja, en zo niet, dan toch. Ik weet heus wel dat dat Nazarjan en Gerasimov waren. Ik heb die twee in de gaten gehouden,' was hij me voor. 'En ik was ook niet bij een of andere broer op bezoek. Raikka is een neef, hij woont weliswaar in de buurt en we hebben ook op dezelfde school gezeten, maar een *brat* is hij toch niet,' zei hij terwijl hij met zijn hoofd in de richting van de loods knikte.

'Dus jij spreek Russisch?!' vroeg ik verbijsterd.

'Hé, ik kan een heleboel dingen waar jij geen weet van hebt,' zei Korhonen tevreden. 'Nou goed, breng me naar huis,' beval hij alsof hij in een taxi zat.

De rode Lada reed over een grindweg tussen de akkers door. Hij kwam mij tegemoet gereden en zag er een beetje uit alsof hij achter te zwaar beladen was, met de neus iets opgeheven, en schommelde zwaar over het ongelijkmatige wegdek. Ik kon al van veraf zien dat er twee mannen op de achterbank zaten; ze droegen een zwarte vilten hoed en een ulster die zo dik was dat ze maar weinig ruimte hadden, twee stevige kerels. De Zjigoeli stopte; hij werd bestuurd door mijn neef Semjon, die lesgaf aan de vakschool en een leren pet op zijn hoofd had. Zijn ogen leken wazig achter de dikke brillenglazen.

En ineens bevond ik me op een oude begrafenisfoto, bij de kist, te midden van de mensen die afscheid kwamen nemen, ergens in een kamer met wanden van houten balken. Ook moeder stond erbij, de anderen kende ik niet. De kist was bekleed met een zwar-

te stof, versierd met witte koorden, en een klein luik of deksel was eruit getild en aan de kant gezet. Ik besefte dat mijn vader in de kist lag, en ik zei opnieuw dat ik niet wilde kijken.

Toen ik wakker werd uit mijn droom waren mijn gedachten meteen glashelder, ook al was het nog vroeg in de ochtend en wist ik dat ik in diepe slaap had verkeerd. Ik stond op en liep door mijn stille huis, en keek uit het raam naar het nog stillere dorp. De oude, kriskras door elkaar neergezette huizen, de uitgebouwde schuren die alle kanten op wankelden en de grindweg deden me afwalen naar Sortavala, net als in de droom.

Ik zette de computer aan en typte een e-mailbericht. Ik schreef Marja, vertelde over de droom en het verlangen en de eenzaamheid, verontschuldigde me over het feit dat ik altijd maar zat te klagen en verzocht haar terug te schrijven. Ik keerde eveneens terug in de kille werkelijkheid en deed haar de groeten van haar opa, of liever gezegd: ik vertelde haar wat er aan de hand was. Ik zei dat het me speet dat ik daar niet meteen melding van had gemaakt, maar herhaalde nogmaals dat Juho's toestand ook niet acuut was.

Ik verzond de mail en wist dat die nu al op zijn bestemming was, dat hij er alleen maar op wachtte geopend te worden. In de map met verstuurde berichten las ik wat ik had geschreven nog een keer, en ik voelde me een beetje bezwaard omdat ik mijn eigen eenzaamheid en de mededeling over Juho's ziekte in dezelfde mail had gestopt, alsof ik uit tactische overwegingen op Marja's gemoed wilde werken.

Het balletje onder de muis van de computer sputterde tegen toen ik op de knop 'Verbreek verbinding' probeerde te drukken.

IV

Al wat er gebeurt, is zo ongenaakbaar en diep,
Zo diepzinnig: wie kan het doorgronden?

Twintig

Oom Olavi belde me om half zeven op mijn tweede mobieltje; hij wekte me, de oude vroege vogel. Ik had zijn instructies opgevolgd en een anonieme aansluiting gekocht bij een kiosk en de reservetelefoon steeds bij me gedragen of naast mijn bed gelegd als ik sliep. Ik had alleen van tijd tot tijd de accu opgeladen.

'Ik zat al te wachten; de sfeer begint hier aardig verhit te raken,' drong ik aan.

'Vitja Vitoesja, ik ben al een oude man en kan niet meer zo hard rennen. De ene dag rust ik uit, de andere dag breng ik door met nietsdoen; zelfs de oudere generatie gaf die goede raad al. Weet je, je vroeg naar een paar heikele en gevoelige dingen, dus ik kon geen advertentie in de krant zetten,' zei hij, nog steeds niet tot de kern komend. 'Maar toch heb ik wel het een en ander kunnen uitvissen.'

'Vertel,' spoorde ik hem opnieuw aan.

'Ik heb een contactpersoon voor je. Eentje met invloed. Hier. Tijd en plaats zijn afgesproken. Start je mailprogramma, verander het wachtwoord en verbreek de verbinding. Over een halfuur zit er een bericht in je mailbox. Vernietig dat meteen, maak je prullenbak leeg en noteer niets op papier. De groeten aan Aljosja.'

Ik zag niet eens kans hem te bedanken of te zeggen dat ik het begrepen had; Olavi was al in rook opgegaan en de lijn liet de bezettoon horen. Ik controleerde hoe laat het was. Het bericht kwam achtentwintig minuten later. Over een week, in Sint-Petersburg. En de waarschuwing dat mijn oude oom zich garant had gesteld voor mij, en dat ik er dus diende te zijn. Ik had het begrepen.

Ik belde bij Helena aan. Er klonken nauwelijks hoorbare voetstappen, en ik stelde me zo voor dat ze blootsvoets liep. En dat klopte.

'O, hoi,' zei ze terwijl ze de deur half opende. 'Niet op de drempel,' glimlachte ik, waarna ik naar binnen stapte en haar op haar mond kuste.

'Doe jij open?' klonk het vanuit de woonkamer.

Helena keek naar de mat, waar ze figuren op tekende met haar tenen. De man kwam de hal in gelopen en gleed bijna uit op het parket toen hij op de rem trapte bij het zien van mijn persoon, alsof er een eland de weg overstak. Hij had kort donker haar en droeg een lichtblauw overhemd met lange mouwen en een gestreken spijkerbroek. Zo warm gekleed bij deze hitte, dacht ik. Ik wist dat het Antti was, Helena's echtgenoot. Hij zag er gezond en bijna jong uit, hoefde zich nog geen zorgen te maken over dieper wordende inhammen bij zijn slapen en een buik die begon uit te dijen. Ik had dit soort mannen op vrijdag in de kroeg gezien, mannen die één keer per week een echte vent waren.

'Aha. Dat vermoedde ik al,' zei hij terwijl hij mij monsterde met zijn blik. 'Maakt niet uit hoor, zulke dingen gebeuren. En Helena en ik hebben hier uitgebreid over gesproken en duidelijkheid geschept. En ik heb haar vergeven en... Nou ja, en zij mij ook. Maar dat zijn eigenlijk geen dingen die jou aangaan.'

Hij staarde mij aan, hervond zijn moed.

'Maar ik moet wel zeggen dat het me verbaast. Een Viktor nota bene. De Finse vrouw zit toch maar simpel in elkaar, loopt godverdomme achter alles aan wat uitheems is, als een ekster die iets ziet glimmen. Al glimt er bij jou alleen maar die gouden tand. Echt een Russische Romeo,' zei hij uitdagend.

Hij genoot van Helena's berustende zwijgen.

'Of Viktor Kalborrek,' voegde hij eraan toe. Ik was me ervan bewust dat hij het cynisch bedoelde, maar begreep de grap niet. 'En voor Perttu is het natuurlijk goed, zo'n internationale opvoeding,' zei hij sarcastisch, waarna hij zich omdraaide.

Het was alsof hij zojuist een monoloog in de directiekamer had gehouden ten overstaan van het personeel: zo maken we de markt weer gezond, dus aan de slag nu. Goed dat dit pijnpunt nu ook is besproken en afgehandeld, tot op de kern, ook al deed het even zeer.

Of wat wist ik. Ik had alleen vanaf de zijlijn geluisterd naar dat soort gestropdaste mannen naast een flip-over, bij de renovatie van een kantoorgebouw in Ruoholahti. We hadden tussenwanden in aluminium frames geplaatst, goten bevestigd voor de kabels van computers en printers en ons verwonderd over de manier waarop volwassen mensen hun werk deden. Ze hingen rond een beeldscherm, wrongen zich in allerlei vreemde houdingen, dronken water uit flessen en praatten in hun mobieltjes terwijl er een vaste telefoon op tafel stond.

En dan de vergaderingen. 'Jongens, kunnen jullie even een tijdje ophouden met dat gehamer?' vroeg een glimlachende vrouw die op ons was afgestuurd. Dus zaten we maar wat met de duimen te draaien, probeerden geruisloos door te werken zodat het voortgangsproces niet werd onderbroken, en op dertig centimeter afstand, aan de andere kant van een tussenwand met honingraatstructuur, werd een vergadering gehouden.

Ik had me ingehouden en niets gezegd en me nederig opgesteld, onzichtbaar en onhoorbaar, maar ook nu voelde ik een steek; was ik kwaad namens Helena, of over het feit dat Antti alles had wat ik ook had moeten hebben, namelijk een vrouw, een kind, een doorzonwoning met drie kamers en een keuken, waar het niet tochtte en waar je het niet koud had, een Vectra van de zaak met een cd-stereo en zes luidsprekers? Hij had een plek, een positie.

Begin nou niet weer te malen, beval ik mezelf. Enerzijds fantaseerde ik genotvol hoe ik Antti de gang in zou slepen en hem het vloerkleed zou laten opeten en zou zeggen: hier heb je iets om je in vast te bijten, jij lul. Verder zou ik hem eraan herinneren dat hij wel de laatste was die Helena ervan kon betichten een slechte moeder te zijn, aangezien hij degene was geweest die zijn gezin en zijn huis in de steek had gelaten, die de vrijheid had gezocht, als een stierkalf dat met de lente in zijn kop achter de vaarzen aan gaat. Maar ik realiseerde me dat daardoor ook het laatste beetje schuldgevoel dat Antti nog bezat zou worden weggeveegd, en de enige die eronder zou lijden was Helena, die haar man zou verdedigen en mij bij de schouders zou grijpen om me los te rukken.

Ik keek haar aan, schudde langzaam mijn hoofd en probeerde vriendelijk te klinken: 'Dit was geen groot succes.'

'Nee,' zei ze zachtjes. Ze tuitte haar lippen, leunde tegen de deurpost en verdween half tussen de jassen die aan de kapstok hingen. Ze keek naar de vloer, naar de dikke teen die figuren tekende. Rémovos aan het werk, schoot er geheel ongepast door me heen toen ik aan de gratis kerstkaarten dacht.

'Luister, probeer het uit te houden. Met die vent daar, en ook verder,' zei ik. 'Ik ga nu. Doei.'

Ik raakte haar niet aan. Ik sloot de deur zonder hem dicht te slaan en rende tree voor tree de trap af, in een venijnig ritme.

Eenentwintig

De reis naar Sint-Petersburg was niet lastig te organiseren. Ik had een langdurig visum, en er was altijd wel plek in een trein of touringcar. Toch belde ik Karpov om te vragen of hij kennissen had die naar Sint-Petersburg zouden afreizen of eigen medewerkers die met de veerpont auto's uit Duitsland ophaalden.

En dat was het geval. 'Ik regel de boel, momentje, *minoetotsjka*,' zei hij.

'Valeri, ik bedoel dus echt nu meteen,' zei ik voor de duidelijkheid.

'Tss, soms kruipend als een worm, dan weer vliegend als een vogel,' citeerde hij zonder beledigd te zijn. 'Maar spreek, mijn broeder, hoe lang duurt meteen?'

'Valeri,' zei ik kortaf, 'nu. Meteen. Niet binnenkort, niet ooit, niet later. Nu.'

Ik bleef naast de telefoon staan wachten. Karpov belde al snel terug en vertelde dat hij het zo had geregeld dat ik een importauto van Hanko naar Sint-Petersburg zou rijden.

'Tarantjev heeft tijd om meteen terug te keren naar Rostock, hij brengt de wagen alleen door de douane, verzorgt de transportvergunningen en plakt de nodige stickers op het nummerbord. Alles legaal, tot in de puntjes officieel geregeld. En ook naar Hanko kun je een lift krijgen, want onze mannen rijden af en aan naar Duitsland om auto's te halen,' sprak hij trots. Hij stelde verwonderd vast dat er voor alle oude en ook nieuwere Europese wagens plek was in Rusland.

De liftgever pikte mij op bij het centraal station. Met behulp van tape was gepoogd de oude zwarte Ford op te pimpen tot een sportwagen. De rode racestrepen waren net zo onregelmatig als de werking van de motor; de zuiger leek iedere zevende slag over te slaan. Ik ging op de passagiersstoel zitten. Op de achterbank zaten reeds twee gewoon ogende mannen van middelbare leeftijd. Russen, wist ik. Ik knikte, we introduceerden onszelf niet. De chauffeur was een Fin, een jonge blonde vent. Voor hetzelfde geld werkte hij op de verfafdeling van een bouwmarkt, en als je hem 's avonds in de kroeg zag, vroeg je je af waar je hem al eens eerder had gezien, die luidruchtige kerel met zijn pet achterstevoren op zijn hoofd.

De chauffeur wist tot Lauttasaari zijn mond te houden. Hij vervloekte het verkeerssysteem in Helsinki, dat goddomme nog aan toe gebaseerd was op de kantlijntekeningen van een rijbewijsloze bureaustoelingenieur. In diezelfde litanie verwerkte hij ook de prijs van benzine en de wegenbelasting. Hij reed hakkelig, schommelde heen en weer in de stoel alsof hij op de doft van een roeiboot zat en zeilde van de ene rijstrook naar de andere wanneer hij onrustig inhaalde.

Toen we de westelijke uitvalsweg verlieten, kalmeerde de man eventjes; hij liet de snelheid zakken naar tachtig kilometer per uur maar accelereerde weer toen de weg smaller werd en overging in een tweebaansweg. Bij Kirkkonummi kwamen ons militaire voertuigen tegemoet.

'Die komen vast van de basis in Upinniemi,' zei onze chauffeur enthousiast. 'Maar dit zijn echt van die moederskindjes, die nieuwelingen zijn stuk voor stuk van de patatgeneratie. Ze moeten zes maanden dienen en ook daarvan brengen ze de helft op verlof door. Of ze worden naar huis gestuurd om een grote jongen te worden, aangezien ze thuis op geen enkele manier discipline hebben geleerd.' Hij gunde ons een blik in zijn eigen loopgraaf: 'In mijn tijd was dat wel anders, in de jaren negentig. Ik was in Parola gestationeerd als chauffeur van de transportdienst. Goddomme nog aan toe, op een keer waren we vier dagen in het bos onderweg en het vroor meer dan dertig graden. De Sisu was ijskoud, met ijspegels aan m'n reet probeerde ik hem weer op gang te krijgen...'

Ik knikte een paar keer en betuigde mijn deelneming omdat hij zulke ontberingen had moeten doorstaan. Zijn tirade ging bij mij het ene oor in en het andere weer uit, en ik probeerde me niet te ergeren, geen vergelijking te trekken met de patrouilletochten die ik zelf in het kader van de speciale opleiding had ondernomen, waarbij we dagenlang liepen zonder ooit een kampvuur te maken en zonder kachel om de tent te verwarmen, zodat op het laatst zelfs het licht van de sterren warmte leek af te geven.

'En waar was jij gelegerd?' Ik realiseerde me dat de chauffeur me iets had gevraagd.

'Ik heb geen ervaring opgedaan in het Finse leger,' glimlachte ik gedwee. Hij leek eerst verbaasd en besefte toen dat hij beter verontwaardigd kon doen. Hij vroeg zich waarschijnlijk af of ik vervangende dienstplicht had vervuld of vanwege ziekte was vrijgesteld of misschien gelovig was.

'Tjonge, die gast weet zijn mond wel te roeren. Moeten we hem de rest van de rit laten lopen?' vroeg een van de mannen op de achterbank in het Russisch toen hij er genoeg van kreeg.

'Ach, ieder zijn meug,' zei ik. 'En dom zijn is geen zonde. Alleen voor je ouders is het lullig.'

De chauffeur volgde ons gesprek via de achteruitkijkspiegel. Ik zorgde ervoor niet in zijn richting te kijken en probeerde ook niet te glimlachen. Hij zette de radio aan. Op het display verschenen de letters NRJ. Eenmaal in Hanko reed hij meteen naar de haven, waar hij de auto zonder te aarzelen op een invalidenparkeerplaats neerzette.

'Oké dan, dus, goeie reis dan maar,' durfde hij te zeggen.

We stapten uit zonder te bedanken en pakten onze tassen uit de kofferbak. De chauffeur smeet de klep weer dicht, groette ons nog een keer met een handbeweging en probeerde met gierende banden weg te rijden. De mannen van de achterbank liepen de terminal binnen. Ikzelf bleef buiten staan.

De snelle veerboot uit Rostock had zijn lading inmiddels uitgebraakt, en de auto's met Fins kenteken verlieten de haven al. Ik wachtte. Met regelmaat kwamen er voertuigen die een invoervignet hadden gekregen van het douaneterrein afgereden, maar de grijze Audi was nergens te zien. Ik stond al op het punt Karpov te bellen op het mobiele nummer dat hij mij voor de zekerheid gegeven had toen de wagen eindelijk de parkeerplaats op kwam geschommeld.

'Gegroet, Viktor Nikolajevitsj,' zei de bestuurder terwijl hij het portier opende. Hij tutoyeerde me, ook al had ik hem nog nooit ontmoet. 'Karpov zei: "Mijn vriend Vitosja komt naar de kade, je geeft de auto aan hem. Je herkent hem meteen, een knappe atleet." Dat is wat Karpov zei. En verdomd als het niet waar is, ik herkende je meteen. Mijn naam is Tarantjev. Michail Andreijevitsj Tarantjev.'

De man stapte met uitgestrekte hand uit. Het was een klein kereltje en hij droeg een dikke bril. Hij gaf me een hand, klaagde wat over de windsterkte op de Oostzee en het schommelen van de veerpont en het lekkere eten. Ik was zo vrij om op te merken dat hij me had laten wachten en dat ik me had afgevraagd waarom de veerpont en de kade leeg waren.

'Oef, als je toch eens wist... Ik kan je nog niet eens de helft vertellen,' zei hij. Hij spreidde zijn armen en begon uitvoerig uiteen te zetten wat er gebeurd was. Ik wist op te pikken dat hij de boeg en het achtersteven door elkaar had gehaald, en vervolgens ook links en rechts, uitgaande van de vaartrichting. Hij had zijn auto niet kunnen terugvinden, en toen hij hem eindelijk had gevonden, was hij er niet meteen in geslaagd de elektronische startblokkering uit te schakelen. 'Die nieuwerwetse snufjes, daar heb je echt alleen maar ellende van,' besloot hij.

Ik stemde met hem in, zette mijn tas in de auto, ging op de bestuurdersplaats zitten en schoof die een halve meter achteruit. Het kereltje bleef maar babbelen, gebaarde met zijn handen en wilde al van wal steken over het feit dat iedereen tegenwoordig maar haast had.

'Valt wel mee hoor, de aarde is al geschapen. Zoveel haast had ik nou ook weer niet,' zei ik kalmerend en ik reed weg. In de spiegel zag ik dat Tarantjev me nog lange tijd stond na te staren.

De Audi trok een beetje naar links, en moest de hele tijd worden bijgestuurd. Verder reed hij soepeltjes; hij gleed geruisloos over het egale wegdek. Ik stopte onderweg niet, bij Helsinki nam ik Ringweg III om de stad heen. Na Porvoo werd ik ingehaald door een rij auto's met Duits kenteken. Ik herkende een aantal ervan, had de chauffeurs en de wagens gezien toen ze van de veerpont kwamen. Ik bleef achter hen hangen; vermoedelijk waren ze naar de Biltema geweest voor onderdelen en hadden ze om die reden achterstand opgelopen ten opzichte van mij. We reden honderddertig, en iets te dicht op elkaar, naar mijn smaak.

Mijn mobieltje stond in de houder op het dashboard. Het rinkelde, en op het display verscheen alleen de tekst 'Gesprek'.

'Kärppä,' zei ik en ik hoorde mijn eigen stem weergalmen. 'Hallo,' riep ik toen er een stilte volgde, en ik hoorde mezelf opnieuw.

De verrassing was compleet. 'Met Marja.'

'Nee maar,' wist ik uit te brengen. 'Hoe is het met Marja?'

Tweeëntwintig

Vlak voor Vyborg sloeg ik rechts af. Het smalle weggetje slingerde licht glooiend tussen berken en wilgenstruiken door en splitste zich toen in een aantal nog kleinere laantjes, die als een uiteengevallen vangnet de geclusterde huisjes en volkstuintjes als een buit gevangen hielden.

De diepere gaten in de weg wist ik te omzeilen omdat ik me nog kon herinneren waar ze zaten, maar het bevreemdde me wel dat het oppervlak zo hobbelig was; gezien de droge zomer zou je denken dat het regenwater geen kans had gezien het grind weg te vreten. Het wagenspoor was flink uitgediept; in het midden van de weg was een richel ontstaan die eruitzag als een vreemde, groene bergketen. Het gras ritselde tegen de onderkant van de Audi. Ik sloeg af en parkeerde bij de muur van een grijs huisje. Alleen de raamkozijnen hadden een kleurtje, blauw. Ik liet de auto in de schaduw van een ruige kraakwilg staan, met de deuren geopend.

In de tuin bij het huisje deed ik wat rekoefeningen. Ik trok mijn overhemd uit en strekte me uit in de zon. Ik had de colonne Duitse auto's verlaten en was bij een bushalte gestopt toen Marja had gebeld. We hadden met elkaar gesproken, en ik had het gevoel gehad dat Marja nog maar net was vertrokken, dat ze er gewoon een paar dagen tussenuit was geknepen. Ze babbelde op zo'n vertrouwde manier, praatte wat over koetjes en kalfjes en vertelde zonder terughoudendheid hoezeer ze me miste.

'O Viki, als je toch eens wist hoeveel ik van je hou. Ik ben helemaal in de ban van je,' zei ze serieus, nadrukkelijk. Ook dat 'Viki' klonk prettig en vertrouwd, al had ik die koosnaam in het begin maar niks gevonden.

We spraken over haar studie en over de zomerhitte, over de

ziekte van haar opa en over bouwperikelen. Ik vertelde enigszins ontwijkend dat ik momenteel bezig was een auto naar Sint-Petersburg te brengen, hoewel dat gewoon de waarheid was. We beëindigden het gesprek toen er niets zinvols meer was om over te praten, 'zodat het niet zo vreselijk duur zou worden'. Vervolgens reed ik in één ruk door naar de grens, zonder zelfs in wegrestaurant Rajahovi langs te gaan voor een kop koffie. Het was jammer dat Marja's nummer niet in het geheugen van mijn mobieltje was opgeslagen. Ze had vanuit een of ander kantoor gebeld omdat ze op haar kamer geen telefoon had.

Uit de put in de tuin haalde ik water omhoog, helder en koud. De emmer zat aan een lange houten steel vastgespijkerd. Ik dronk, waste mijn gezicht en spetterde ook mijn bovenlichaam nat.

'Ach ja, wat de zomer nat maakt, maakt hij ook weer droog,' sprak een hese stem achter mij in het Russisch. Ik vloekte omdat ik me had laten verrassen en niet op mijn hoede was geweest. Langzaam draaide ik me om, met mijn handen half omhoog, zichtbaar.

Het mannetje was klein en keek ernstig. Hij droeg een zwarte pet, waar een dikke haarbos onder vandaan kwam. Zijn gezicht had een gezonde kleur maar die was in tegenspraak met de zware wallen onder zijn ogen, waardoor hij er moedeloos uitzag. De bovenste drie knopen van zijn geruite flanellen hemd waren open, en de zon had kans gezien de scherpe driehoek onder zijn gezicht bruin te kleuren. De oude man kwam op me af gestapt in zijn klittenbandgympies om me te begroeten.

'Ik ben Artjom Rebrov. Ik verzorg de zomerresidentie van Karpov... en degenen die hier vertoeven,' zei hij genadig, alsof hij onvermoeibaar over het vissershutje van de keizer had gewaakt.

Opa spoorde me aan naar binnen te gaan, en volgde me op de voet terwijl ik de juiste sleutel zocht om de deur te openen. 'Die had ik ook wel gehad hoor,' zei hij. Ik liet Rebrov langs mij heen het huis in lopen en hij stormde meteen door naar de koelkast, waar hij allerlei levensmiddelen uit haalde. 'Ik maak even iets klaar.'

Het huisje was opgedeeld in een woonkeuken en een kleine kamer. Ik waarschuwde het opaatje, rolde het vloerkleed op en trok het luik eronder aan de metalen ring omhoog. Vervolgens daalde ik af in het koele gat. De smalle, tamelijk lange kelder was leeg, maar de stellages en voorraadbussen ademden nog de sfeer van weckpotten met een laag stof erop en verwelkte overjarige knolgewassen. Mijn neus reageerde gevoelig op het vocht en de schimmel. Ik schoof een houten kist aan de kant; op de bodem lagen nog een paar aardappelen met lange uitlopers. Onder het krat bevond zich een plastic boodschappentas die voor ruim de helft gevuld was met geld: bundeltjes van honderdduizend roebel in biljetten van verschillende waarde. Ik stopte een ervan in mijn achterzak en noteerde het meegenomen bedrag in een schriftje met een blauwe kaft: *100 VK*. Ik stopte het bankboekje terug in de tas en zette het met modder bedekte krat terug op zijn plaats.

Ik stak mijn hoofd door het luik en keek de woonkeuken in. Artjom Rebrov was iets aan het braden in de koekenpan, strooide met een eetlepel zout en liet zijn vingers toen in een glas met augurken glijden.

Ik ging weer terug de kelder in. In de vloer waren roosters van smalle ijzeren staafjes aangebracht. Ik liep naar het achterste, tilde dat op en zette het tegen de muur. Onder het rooster was in het midden een langwerpig gat gegraven, een graf van een centimeter of twintig diep en meer dan een meter lang, waar een metalen kist in was gelegd. Ik duwde het deksel opzij, vouwde de beschermende groene stof aan de kant en koos een geschikt wapen uit.

In Rusland deed ik altijd mijn best voorzichtig te zijn en geen aandacht te trekken, te doen alsof ik een doodgewone, ongevaarlijke jongen was die niemand tot last was en niets bij zich droeg wat interessant kon zijn voor anderen. Ook in mijn geboortestreek Karelië liep ik vaak liever met Russische papieren en een kreukelig bundeltje roebels in mijn zakken rond. Indien nodig tankte ik geld bij op een van de geheime bergplaatsen van Karpov, en ik bestelde de juiste documenten en vergunningen. In Sint-Petersburg was ik al enige tijd niet meer geweest. Ik was niet echt bang maar ik wist dat er mensen rondliepen in de stad die graag mijn gebit zouden hebben gebruikt bij het tandartsje spelen – en wel zonder verdoving.

En ik droeg altijd een wapen bij me. De douane kon je tegenwoordig passeren zonder dat er in je spullen werd gesnuffeld, maar toch achtte ik het verstandiger om van Karpovs voorraden gebruik te maken. Ik dwong mezelf erop te vertrouwen dat zijn pistolen niet in verband konden worden gebracht met een of andere seriemoord in Novosibirsk. Ook ditmaal keek ik een tikje wantrouwend naar de inhoud van de kist, waar Nagant-revolvers, een aantal Duitse mausers uit de oorlogsjaren, een stuk of wat nieuwere, kleine pistolen, een paar afgezaagde jachtgeweren, een dubbelloopse Baikal die op lengte was gelaten en nog wat aanvalsgeweren en een machinepistool in lagen.

'Met die daar hebben we heel wat eenden omgelegd.' Artjom Rebrov was opnieuw stilletjes achter mij opgedoken; vanaf de rand van het gat wierp hij een blik in de kist, en hij liet me bijna schrikken. 'En die afgezaagde geweren laadden we zelf met patronen waar je iedere willekeurige vent mee kunt stoppen. Ze zijn uiteraard niet voor de lange afstand. Maar als je er vanaf tien meter afstand mee schiet, is het gat een halve meter tot een meter groot. Als de wind zo door je ingewanden blaast, koelt zelfs de grootste heethoofd wel af,' babbelde hij met een ernstig gezicht, alsof hij het over zijn te laat betaalde pensioen of prostaatproblemen had.

'Maar kom nu toch eens eten, mijn jongen,' vervolgde hij vriendelijk terwijl hij me op de schouder klopte.

Ik plukte een colt met een klein frame van de stapel. Het ding was lelijk en gebocheld als een baars, maar hij zag er netjes uit en had geen krassen in het geblauwde metaal. Ik vertrouwde erop dat hij probleemloos zou functioneren. Ook pakte ik twee doosjes met patronen, alsmede een model kalasjnikov dat door pantsertroepen werd gebruikt en waarvan de metalen kolf naar opzij boog. De gebogen laders zaten er los bij en dat liet ik zo. Ze waren met tape zodanig met de uiteinden samengebonden dat wanneer de eerste leeg was, je de tweede heel simpel kon omdraaien en ervoor in de plaats kon schuiven. Ik bracht de wapens naar de auto. Het aanvalsgeweer verdween in de kofferbak onder een deken en de revolver stopte ik onder de bestuurdersstoel.

Er stonden gebakken ei en worst op tafel, boekweitpap, schijven augurk en ingelegde uitjes, een geopend blikje kreeftenvlees, brood, geklaarde boter en plakken grijze ham. Ik ging aan tafel zitten en stelde verwonderd vast dat ik honger had, ondanks het warme weer en de niet al te propere gewoontes van de kok. Ik had gezien dat zijn duim vies was, en het bord had hij vast en zeker schoongeveegd met de mouw van zijn flanellen hemd. Ook Rebrov zette zich verlegen aan een hoek van de tafel om te eten, en hij vertelde hoe hij in zijn jonge jaren op een rivierboot werkzaam was geweest als eerste machinist. En nu was hij dan hier, in Vyborg, gepensioneerd en dienstdoend als manusje-van-alles. Ik at, luisterde, en keek toe terwijl de laatste schakel in de keten van de georganiseerde misdaad een bodempje pap uit de pan schraapte.

Ik racete verder naar Sint-Petersburg. Onderweg haalde ik vrachtwagens in die met vijftig over de weg pruttelden; de cijfers en letters van het nummerbord waren met behulp van een sjabloon uitvergroot weergegeven op de achterklep, en uit een lachwekkend klein tankje op het laadvlak lekte een en of andere milieuvriendelijke vloeistof. Ik week uit naar de berm voor tegenliggers die in hun Lada langs een truck met boomstammen probeerden te kruipen, en ging beleefd aan de kant voor een verlengde Cadillac die aan mijn bumper kleefde. De wagen had getinte ruiten, een vinyldak waar de beschermfolie nog overheen zat en importkentekens. Iemand wilde laten zien dat hij geld had.

De verkeerssituatie was opnieuw overzichtelijker en beter gestructureerd dan de laatste keer dat ik hier geweest was, besefte ik toen ik al bij de uiterste punt van de Finse Golf was aangekomen en de eerste woonflats van veertien verdiepingen genadeloos oprezen langs de weg. Ik reed de vertrouwde route. De borden met autoreclame waren nog groter geworden en ook het aantal Finse bedrijven leek te zijn toegenomen; naast een meubelzaak en een doe-het-zelfzaak bevond zich een supermarkt van de Siwa-keten, en ik vroeg me af of ook hier gegrapt werd dat die naam stond voor Siberische Waren.

Karpovs terminal was een binnenplaats bij een oud huizenblok in de buurt van het Finse Station. Het gele pleisterwerk brokkelde van het pand af dat aan een verlaten straat was gelegen, maar de stalen afrastering was nieuw en het elektronisch bediende aluminium hek schoof gelijkmatig aan de kant toen ik bij de poort arriveerde. Ik parkeerde naast de Duitse auto's waarmee ik al op de weg bij Kotka had kennisgemaakt en pakte mijn tas. Een keurig ogende jongeman kwam door een roodbruine deur naar buiten, gaf me een hand en noteerde de gegevens van de Audi op een formulier dat door de metalen kaken van een klembord op zijn plaats werd gehouden.

De man zei niets, knikte alleen maar bij wijze van bedankje toen ik hem de autosleutels gaf en wachtte tot ik het terrein weer door de poort had verlaten. Hij wees met een kleine zwarte afstandsbediening naar de muur en het hek gleed langzaam weer dicht.

O verdomme, siste ik tegen mezelf. Ik brulde tegen de man dat hij het hek moest stopzetten en klopte tegen mijn voorhoofd om aan te geven dat ik een slecht geheugen had. Hij klikte de centrale vergrendeling van de Audi open, waarop ik het aanvalsgeweer uit de kofferbak opdiepte en in mijn tas probeerde te proppen. Het wapen was aan de lange kant, ook al kon het bijna in tweeën worden gevouwen. Ik haalde mijn kleren uit mijn sporttas, die groter was, en legde het geweer er diagonaal in. Het stapeltje kleren legde ik daar weer keurig bovenop. De man die de auto in ontvangst had genomen zwaaide met de sleutels en zag wat ik aan het doen was, maar hij bemoeide zich er niet mee, was niet verbaasd en stelde geen vragen.

Ik gooide de kofferbak dicht en zei opnieuw tot ziens. Vervolgens wandelde ik in de richting van het station. Mijn onzorgvuldigheid verbaasde me. Ik had geen levensverzekering in deze stad.

Het was warm en druk in de hal van het Finse Station, en er hing een doordringende geur van uien en verschaalde drank en ongewassen kleding. Hoog aan de wand was een kaart te zien van het spoorwegstelsel dat de hele voormalige Sovjet-Unie besloeg; de plaatsen waar zich belangrijke stations bevonden werden met lampjes aangegeven die al in het Gorbatsjov-tijdperk waren uitgedoofd.

Ik doorkruiste de hal, liep de perrons op, ging weer naar binnen en vervolgens aan de voorkant weer naar buiten, waar dezelfde hitte hing maar waar het ondanks de uitlaatgassen toch eenvoudiger was om te ademen. Ik slalomde tussen de kiosken door. Cd's, shampooflessen, bierblikjes, sigaretten en frontjes voor mobiele telefoons waren opgestapeld aan de binnenkant van het vlekkerige plexiglas. Ik inspecteerde de koopwaar en probeerde me er tegelijkertijd van te vergewissen dat ik niet werd gevolgd. De hoofden in de gemêleerde mensenmassa zagen er net zo verdacht uit als altijd.

Taxi's reden af en aan voor de stationshal. Ik stond met mijn rug naar de straat en wist een gele Volga te bemachtigen die zojuist met gillende banden tot stilstand was gekomen. Ik zwaaide het portier open, zette mijn tassen op de achterbank en verzocht de chauffeur naar hotel Moskva te rijden. De man had een hoekig gezicht en droeg een wielrennerspet op zijn hoofd. Hij accelereerde bij een laag toerental en schakelde al door naar een hogere versnelling zodra hij het koppelingspedaal weer omhoog had laten komen.

De nepleren bekleding van de achterbank voelde klam en zweterig aan, maar op een of andere manier had het ook iets feestelijks om zo te zitten en te kijken naar de stad die zich in de avondzon koesterde. Het water in de Neva glinsterde, de paleizen op de oever oogden standvastig in hun koele schoonheid, en de groene struiken bedekten barmhartig de kromgetrokken spijlen van kapotte omheiningen, de onherkenbare schroothopen die in tuinen en binnenplaatsen lagen en de gaten die om al lang vergeten redenen waren gegraven en al snel werden gebruikt om verkreukelde petflessen, verbogen fietsvelgen en losgeraakte speelgoedonderdelen in te dumpen. En toch is dit de stad waar ik jarenlang heb gewoond, glimlachte ik in mezelf.

'Reserveringsnummer 111, alstublieft,' zei de receptioniste, conform de instructies in de brief die mijn onbekende gastheer had verstuurd. De vrouw typte geconcentreerd op haar computer, en ik wist niet of ze me met opzet niet in de ogen keek of dat ze zich schaamde voor haar afbladderende nagellak.

'Kamer nummer 469. Ontbijt tot half tien in die zaal daar, de trap op,' gebaarde ze in een onbestemde richting, waarna ze op de volgende gast wachtte. Ze vroeg me niet om persoonsgegevens of een creditcardnummer.

Ik pakte mijn bagage op en liep naar de lift. Ik wierp nog even een blik in de lobby maar zag alleen een paar dronken Finse toeristen, een man die met een aktetas in de hand stond te wachten tot hij werd opgehaald en een schoonmaker die bezig was de vloer te dweilen. Er bleef een vochtig, gelijkmatig patroon achter op de donkere tegels terwijl de dweil steeds dezelfde lussen maakte, een zich eindeloos herhalende acht. Ik stapte de lift in en zag in de spiegel een flits van een figuur die achter een van de pilaren in de lobby vandaan kwam. Ik draaide me om, maar de deuren gingen al dicht. Ik sloot mijn ogen en probeerde me het beeld opnieuw voor de geest te halen. De figuur was donkerblauw en krachtig geweest, met een driehoekig bovenlichaam, als van een gewichtheffer.

In de droom waren de kinderen aan het voetballen, van de ene kant van de straat naar de andere. De rijbaan was smal; aan beide zijden bevond zich een trottoir, gevolgd door lage flats en kleine rijtjeshuizen. Een al wat grotere jongen deed erg luidruchtig en trapte de bal naar de overkant. De kinderen blikten snel om zich heen om te zien of er een auto aankwam, waarna ze achter de bal aan renden; de kleinsten huppelden heen en weer, vergaten soms dat ze midden op straat stonden, balancerend op één been of hun blote ledematen krabbend.

'Niet op de weg spelen, daar rijden auto's,' schreeuwde ik. De kinderen keken me aan, maar de grotere jongen zei: 'Dat doen we dus wel.'

'Dat doen jullie dus niet, als ik zeg dat jullie daar niet mogen spelen. Laat daar geen twijfel over bestaan,' zei ik kil en boos. Ik

wist dat een volwassene wel zou gehoorzamen als hij mijn stem zo hoorde en verder geen vragen meer zou stellen, dat hij zelfs geen zucht zou slaken die je als uiting van halsstarrigheid zou kunnen interpreteren.

'Er wordt hier soms zo hard gereden dat het gevaar bestaat dat je onder een auto komt,' probeerde ik mijn standpunt vriendelijk toe te lichten.

Ik liep verder en wist dat er, zodra ik de hoek om was gelopen, braverend gebruld zou worden: 'En Brazilië scoooort!' De grote jongen zou de bal zo hard wegtrappen als hij kon, en alle kinderen zouden de weg over rennen, zonder te kijken.

Het leek alsof de droom een tijdje werd onderbroken, maar hij keerde terug en ging verder.

'Moet ik dan alles in de gaten houden en overal verantwoordelijkheid voor dragen?' verzuchtte ik.

Ik lag op de grond en er trokken witte wolken langs de blauwe hemel en ik keek omhoog. Vervolgens verscheen er een kindergezicht boven mijn voorhoofd, vanuit mijn standpunt gezien op zijn kop, en toen nog een, vanaf de zijkant, en nog een derde, dat ik wel normaal zag. Ik realiseerde me dat ik op een buikspierbankje lag, op het brede gedeelte van een atletiekbaan die met zaagmeel was bedekt. Ik lag op mijn rug en rustte uit van een rondje bankdrukken, liet het zweet vrijelijk stromen en keek naar de lucht en de kruin van een aantal bomen. De groep kinderen stond om mij heen en ik besefte dat Aleksej, Korhonen en de jongens van Kiuru er ook bij waren; Marja en haar opa Juho stonden verderop op de baan, evenals de tweeling van Korhonen, Helena en Perttu en nog een heleboel anderen die ik niet kende. Iedereen was stil en vol verbazing over mijn uitbarsting. Hun blikken zeiden: hou toch op, zo'n grote vent als jij, we kunnen heus wel voor onszelf zorgen.

'Alsof jullie dat zouden doen,' riep ik wanhopig.

'Ach broertje toch, heb je dan helemaal geen verstand van elementaire natuurkunde?' begon Aleksej. 'Wanneer de aarde jou naar zich toe trekt, trek jij de aarde met dezelfde kracht naar jou toe. Het is echt heel simpel, als je het begrijpt.'

Drieëntwintig

Ik had de opdracht gekregen rond het middaguur in de lobby beneden te wachten op degene die mij zou ophalen. Om kwart voor twaalf trok ik de deur van mijn kamer dicht; ik rammelde er nog even aan om er zeker van te zijn dat hij op slot zat en liep toen door de gewelfde gang naar de lift honderd meter verderop. Een vrouw van een jaar of vijftig met dun haar zat een sigaret te roken en een biertje te drinken op een zitbank voor de bar op onze verdieping. 'Ja, ik kom uit Oulu inderdaad, al ben ik van Karelische afkomst,' stak ze van wal tegen een echtpaar dat gekleed ging in T-shirts die in ieder geval vanaf de rug bezien identiek waren. Ik wist de lift in te duiken voordat ze kans zagen mij bij hun eenzame gezelschap te betrekken. Ik kende dit type toeristen. Ze wachtten braaf op hun georganiseerde tripje en liepen de rest van de tijd veilig in hun eigen hotel van de ene bar naar de andere, met misschien een gewaagd uitstapje naar een concert of het circus. En thuis vertelden ze dan zogenaamd bescheiden dat die voorstelling gewoon zus of zo was, en dat de badkamers in het hotel properder waren dan je zou denken, met alle tegeltjes op hun plaats. Maar als je dan zag hoe de elektriciteit was aangelegd, dan merkte je het verschil wel, in de bouwwijze.

Ook in deze business had ik mijn geluk beproefd en een paar reizen naar Sint-Petersburg georganiseerd, alsmede uitstapjes naar de Karelische landengte voor mensen die daar geboren waren. Ik had er al snel genoeg van gekregen. Je moest het busgezelschap hoeden als een groep kleuters. Op de markt in Vyborg, of ten laatste in Priozersk, waren de meest dronken passagiers reeds beroofd van hun paspoort en portemonnee, zodat je de dieven moest opsporen om de bankkaarten en overige documenten weer terug te kunnen kopen. En ook mijn inkomsten dreigden erbij in te schieten, aangezien ik het geld moest gebruiken om ervoor te zorgen dat we die voormalige dorpjes waar de passagiers per se naartoe wilden überhaupt met de bus konden bereiken zonder dat we met onverwachte controles en oude verbodsbepalingen te maken kregen.

Ik stond te wachten. De lobby werd nu schoongemaakt door iemand anders, maar hij dweilde wel dezelfde rondjes als die van de vorige dag. Om één minuut voor twaalf kwam er een gozer binnen die eruitzag als een zeeman zoals ze in oude avonturenfilms altijd werden uitgebeeld. Hij droeg een zwarte broek die op de heupen strak zat en een T-shirt, er zat een sjaal om zijn hoofd gewikkeld en hij had een ringetje in een van zijn oren. Hij liep recht op me af.

'Goedendag,' zei de jongeman beleefd. 'De auto staat klaar.'

De zeerover liet mij heel attent achter in een donkerblauwe BMW stappen en voegde zich toen rustig en vriendelijk babbelend bij het overige verkeer. Hij sprak over de hittegolf en het WK voetbal en zei, toen we tot stilstand kwamen: 'Hier moest ik u naartoe brengen, alstublieft. Prettige lunch.'

Het Indiase restaurant lag aan het andere uiteinde van de Nevski Prospekt, of nauwkeuriger gezegd: halverwege de wijk in westelijke richting, tegenover de Admiraliteit. Een man in een grijs kostuum stond bij de garderobe om eventuele jassen in ontvangst te nemen. De obers slaagden erin er uitzonderlijk Russisch uit te zien in hun Indiase plunje, met spits toelopende slippers aan hun voeten. 'U had ook een afspraak,' zei degene die mij naar de tafel begeleidde.

Mijn gastheer stond op om me te begroeten. Hij droeg een donker kostuum zoals je bij zakenmannen vaak zag, een blauwgestreept overhemd en een geruite stropdas, en een kleine, hoekige bril. Zijn haar was bijna wit en ook zijn huid was heel licht, zo'n huid die nooit bruin wordt maar meteen verbrandt en daarna een beetje gelig oogt. Die lichte verschijning en de gladde onderkaak maakten dat zijn gezicht er kinderlijk uitzag. Ik durfde zijn leeftijd niet te schatten maar wist dat hij jonger was dan ik.

'Goedendag, Viktor Nikolajevitsj. Je vindt het vast niet erg als ik je tutoyeer. Ik ben Koetoezov,' zei hij waardig en zonder zijn vadersnaam te noemen.

Koetoezov begon de menukaart te bestuderen en stelde al snel voor om salade, kip tandoori en naanbrood te bestellen, met bier erbij. Ik knikte.

'Oké,' zuchtte hij nadat hij de bestelling had doorgegeven aan de ober. 'Ik verspil geen tijd. Niet die van jou, niet die van mij, niet die van anderen van wie je had gehoopt dat je ze hier zou ontmoeten. Vertel dus even kort iets over jezelf en over wat je wilt weten.'

Ik keek de jongeman, die mij ook aankeek, recht in de ogen. Zo af en toe schudde hij zijn hoofd om een pluk haar op zijn voorhoofd naar opzij te bewegen, maar hij zorgde ervoor dat hij steeds weer oogcontact met me maakte. Het voelde alsof hij zichzelf ertoe dwong rustig en gefocust te blijven; in zijn agenda was nu tijd voor mij gereserveerd en dus moest hij zich daarop concentreren. Alleen zijn trommelende vingers verrieden dat hij het liefst al met de volgende klus aan de slag wilde. Ik vroeg me af welke positie hij had binnen de organisatie. Misschien was hij een adviseur van hoog niveau; van zijn eigen spierkracht moest hij het in ieder geval niet hebben.

Ik wist dat ik was overgeleverd aan mijn gastheren. Ze hadden het type toehoorder voor me geregeld dat ze zelf het verstandigste achtten, en het was van mijzelf en van het oordeel dat deze blonde vent over mij zou vellen afhankelijk of de zaak zou vorderen of niet. Ik stak van wal.

Ik voelde dat ik goed en rustig had geslapen, ondanks het feit dat het warm was in de kamer. Eigenlijk had ik het raam open moeten laten 's nachts, maar ik wist dat Sint-Petersburg in die zin een vreemde wereldstad was dat er muggen waren. En ik had al meer dan genoeg doorwaakte nachten beleefd door die beesten.

Ik ontbeet in het restaurant, dat ongeveer een halve hectare groot was. Op het podium zat een vrouw op een harp te tokkelen teneinde de gasten te vermaken. Ik had geen zin om de stad in te gaan om de tijd te doden maar trok me terug op mijn kamer, waar ik op mijn bed ging liggen en wat zapte en in een boek bladerde. Ik verbaasde me over de televisiereclame en de aan de Russische smaak aangepaste formats.

Koetoezov had me een adres gegeven. Hij had me bevolen, of liever gezegd voorgesteld, om daar rond een uur of elf naartoe te komen. Ook had hij me de auto ter beschikking gesteld, maar ik had gezegd dat ik op eigen gelegenheid reisde. Met de metro kon ik me heel handig verplaatsen, aangezien het station direct naast het hotel lag.

Ik kocht een handvol metromuntjes bij het loket en begaf me met de steile roltrap naar beneden. De metro functioneerde in ieder geval nog zoals voorheen; de treinen kwamen bijna volgens schema het station binnenrijden, de pneumatische deuren sisten toen ze opengingen, en de mensen in de wagons spurtten naar buiten terwijl anderen samendromden om naar binnen te komen. De luidsprekers gaven hun informatie hortend en op lage toon, maar ik herinnerde me de stations ook zonder dat ik hun namen hoorde. Ik hield me vast aan een stang en stond te wankelen terwijl de metro van de ene tussenstop naar de volgende reed. Na twee stations stapte ik over op een andere lijn; ik liep via de betegelde gangen naar een ander perron en hoefde maar een seconde of twintig te wachten tot de volgende trein kwam.

Tijdens de speciale opleiding van het leger hadden we met name geoefend hoe we ons door een bepaald terrein moesten bewegen. We hadden geleerd hoe we konden overleven in de wildernis en hoe we achtervolgers in het bos konden afschudden. Pas toen ik werd geselecteerd voor een opleiding in de inlichtingensfeer werd ik ook in de stad getraind. Na de lessen schaduwden we elkaar in eerste instantie, en vervolgens kreeg je een foto van een willekeurige medeburger, met zijn huisadres of de gegevens van zijn werkplek en de opdracht die persoon te achtervolgen. Ik herinnerde me dat ik op een gegeven moment achter een academicus liep en met een potlood noteerde dat het object van 14:32 tot 15:11 uur in de bibliotheek had zitten lezen, hoewel ik eigenlijk had moeten schrijven dat de kleine man neerslachtig over het boek heen had zitten staren en geen bladzijde had omgeslagen. Maar ik legde wel vast, in korte en nauwkeurig geformuleerde zinnen, dat de achtervolgde naar een muziekwinkel was geweest en brood had gekocht en dat hij de hele avond in zijn appartement had doorgebracht en dat de lichten om 22:15 uur werden gedoofd. Ik beëindigde de achtervolging om 22:45 uur. En het is me nooit duidelijk geworden of het object willekeurig was gekozen of dat er echt een reden of noodzaak was voor de rapportage.

Tijdens de lessen hadden we ook geoefend hoe je zelf moest handelen als je niet gevolgd wilde worden. Mensenmassa's, druk verkeer en stations waren gunstige plaatsen. Momenteel had ik ruim de tijd en dus liep ik een aantal malen in een onzuivere cirkel, draaide ik een rondje om de straatkiosken heen en bleef ik achter een pilaar staan wachten om te zien of ik een staart had. De mensen liepen in een haastige stroom voorbij; niemand leek zich bijzonder voor mij te interesseren.

Ik stapte de straat weer op en bleef nog een paar minuten voor de etalages staan. Ik merkte dat ik de prijzen voor mobiele telefoons eerst van roebels omrekende in euro's en vervolgens in marken. Ik dacht aan Aleksej en hoe hij me altijd pestte vanwege mijn gebrekkige wiskundige talent; hijzelf zou de getallen nog wat verder doorrekenen, met opzet zo gecompliceerd mogelijk, en het bedrag ook in een aantal andere valuta omzetten. Wat zou Aleksej momenteel aan het doen zijn, vroeg ik me af. En mijn bouwteam. En Korhonen. En Marja.

Concentreer je nu weer, beval ik mezelf. Deze stad is slecht voor je gezondheid als je alleen maar loopt te dromen. Je zou zomaar onder een auto kunnen belanden.

Ik wandelde verder en zocht het huisnummer dat Koetoezov me had gegeven. Ik liep aan het gebouw voorbij, wierp door de poort een blik op de binnenplaats en op de smerige ramen op de begane grond. De kozijnen waren zo verrot dat ze afbrokkelden. Op de hoek van het volgende pand bleef ik een tijdje staan, en ik keek tussen de nieuwere huizen door naar een erachter gelegen parkje. De schommels en klimrekken waren flink toegetakeld, maar de bankjes stonden nog op hun plaats. Hier en daar zat een opaatje in de schaduw; een jonge vrouw wiegde een kind in een kinderwagen en een kat sloop recht door het park naar een tuin waar een vergeten ton lag, die ze kopjes begon te geven.

Ik draaide me weer om en wandelde door de poort de binnenplaats op, waar ik via een achterdeur het trappenhuis in ging, geheel volgens de instructies. Onder aan de stenen trap bleef ik staan. Het pand was ooit mooi en statig geweest. De lak gaf de houten trapleuning een donkere glans, en de stenen treden waren uitgesleten op de plaatsen waar het meest werd gelopen, maar de figuren op de zorgvuldig gekozen tegels waren nog zichtbaar. Ik sloot mijn ogen en probeerde me de beelden van mijn binnenkomst weer voor de geest te halen. Ik was vanuit het heldere daglicht de schemering in gestapt, van hardgeel naar bijna paars. Ik wist dat ik buiten een flits had opgevangen van een of andere blauwe figuur. Dezelfde blauwe driehoek die ik in de lobby van het hotel meende te hebben gezien en die in mijn geheugen was gegrift.

In het trappenhuis was niets te vinden waar ik me achter zou kunnen verstoppen. De buitendeur die op de straat uitkwam, of liever gezegd het deurgat, was met twee stukken spaanplaat dichtgetimmerd. In het onderste trapportaal bevonden zich twee met glad, rood nepleer beklede huisdeuren, maar ik was niet van plan daar aan te bellen. Ze waren niet voorzien van een deurkruk en op de plekken waar de metalen sierspijkers zaten na waren ze volkomen glad. Deze deuren gingen alleen open voor gasten van wie men wist dat ze zouden komen.

Ik beende met drie treden tegelijk de trap op naar de eerste en tweede verdieping. De portalen waren leeg, en op elk ervan kwamen twee gelijksoortige blinde deuren uit. Koetoezov had me opgedragen naar de derde verdieping te gaan, de bovenste. Ik bleef staan op de tweede.

Ik hoorde hoe de deur naar de binnenplaats een sissend geluid maakte, of eigenlijk zag ik voor me hoe de deur werd vastgehouden terwijl hij langzaam weer dichtviel; de zwoele lucht in het trappenhuis bewoog zich even. Iemand liep met voorzichtige passen de trap op naar de eerste verdieping, toen iets stoutmoediger naar de tweede. Ik dook weg achter de smeedijzeren spijlen van de trapleuning en zag een jongeman in een donkerblauw Adidas-trainingsjack. Hij had iets van een gymnast, of een acrobaat in het circus. Hij had brede schouders, waardoor de zoom van zijn jack op heuphoogte lag; zijn bovenlichaam leek als een driehoek op zijn slanke onderlijf te rusten. De man liep met de vertraagde tred van een sluipende kat naar boven.

Idealiter zet je bij een verrassingsaanval alle zintuigen aan het werk. Toen de man de bocht omkwam op de overloop, nam ik een aanloop van twee stappen en maakte ik een sprong. Ik vloog hoog door de lucht, brulde een of andere judokreet, spreidde mijn benen en zwaaide met mijn handen zoals ik dat als kind had gedaan wanneer we aan het verspringen waren in een zandhoop en de denkbeeldige luidsprekers omriepen: 'De volgende deelnemer is Igor Ter-Owanesjan van de Unie van Socialistische Sovjetrepublieken.'

Tijdens mijn vlucht werd ik heel even door angst overvallen, door de herinnering aan het scheurende geluid dat klonk toen ik een keer diepe kniebuigingen op één been maakte en mijn knie het begaf. In een flits kwamen de beelden weer langs, begeleid door zowel geuren als geluidseffecten; de narcose en de stank van ether, de koelte van de betegelde operatiezaal, het kletterende geluid van de instrumenten terwijl de orthopeed van het sportziekenhuis wachtte tot ik buiten bewustzijn was, en de treurige grijze ogen die me tussen de mondbescherming en het witte hoofdkapje door aankeken.

Ik strekte een van mijn benen recht naar voren en ramde de Adidas-man vol op zijn borstkas. Hij vloog het trapportaal in, zag echter wel kans zijn lichaam zodanig te buigen dat hij op zijn bekken landde, waarna hij dezelfde kinetische energie probeerde te benutten om een halve achterwaartse salto te maken, weer op de been te komen en een vechthouding aan te nemen. Ikzelf kwam keurig op mijn benen terecht en sprong boven op de man.

Ik verpletterde hem met mijn massa en trok een van zijn armen uitgestrekt tegen mijn lichaam. Met de vingers van mijn rechterhand kneep ik zijn keel dicht in de buurt van zijn adamsappel.

'Je overweegt misschien, omdat je andere hand nog vrij is, of je je pistool of mes kunt grijpen, of wat voor wapen je ook bij je hebt. Of misschien probeer je een of andere onverwachte beweging te maken om jezelf te bevrijden. Ik heb een pistool in mijn broek en er is beslist niet genoeg tijd om dat tevoorschijn te halen. Maar aan de andere kant zit jouw strottenhoofd dus wel tussen mijn vingers, en ik bezit tamelijk veel knijpkracht. Als je geluk hebt, weet je je los te wringen, maar ik denk dat je dan nooit meer zult kunnen praten. En het is ook zeer de vraag of je dan nog kunt ademhalen. In deze wirwar zou ik me best eens kunnen laten meeslepen, en dan word ik altijd vreselijk stuntelig met mijn handen. Dus zeg het maar, heb je het gevoel dat vandaag je geluksdag is?'

Hij sloeg met zijn hand op grond, als een judoka die zijn nederlaag erkent door op de tatami af te kloppen. Ik liet mijn greep langzaam verslappen en stond voorzichtig op, klaar om een trap uit te delen. Ik bewoog mijn rechterhand rustig naar mijn rug en pakte mijn pistool, dat onder mijn broekriem zat. De Adidas-jongen krabbelde ook overeind, richtte zich traag op en zorgde dat zijn handen zichtbaar waren.

'Dat heb je vakkundig gedaan, dat moet gezegd worden,' klonk het vanaf de bovenste verdieping. Ik keek voorzichtig in de richting waar de stem vandaan kwam. Een grote, donkerharige man van in de vijftig glimlachte naar me. 'Kom maar naar boven, jongens. Viktor, zo te zien heb je al kennisgemaakt met Jevgeni. Hij is een van onze mannen en moest jou alleen een beetje in de gaten houden. Een eerlijk gevecht, al waren de gewichtsklassen waarschijnlijk niet goed op elkaar afgestemd. Maar goed, reik elkaar de hand,' grijnsde hij.

Zo gezegd, zo gedaan. Jevgeni probeerde zijn naam te mompelen maar zijn keel zat nog steeds dicht nadat ik hem zo in de tang had genomen. Ik schonk hem een verontschuldigende glimlach.

De goedgeluimde man op de bovenste verdieping gebaarde dat we mee moesten komen. Ik klom de trap op en stelde mezelf voor.

'O, maar ik weet wel wie jij bent. Jij kunt mij Oompje noemen, dat doen ze allemaal, hoewel niemand familie van me is,' sprak hij vriendelijk terwijl hij zijn handpalmen ter hoogte van zijn borstkas tegen elkaar drukte. 'Maar naar binnen nu. De baas wacht.'

We gingen door de gecapitonneerde deur naar binnen. Als eerste kwamen we in een grote, witgeschilderde zaal. Een modern bureau stond voor de ramen, en daarachter zat een vrouw van middelbare leeftijd aan een computer te werken. Ze knikte naar me bij wijze van groet maar ging gewoon door met haar werk. Op het bureau lagen papieren, en er stond een grote telefoon die als centrale dienstdeed. Op een stellage met dossiers, een lage zitbank en een tafel na was de ruimte leeg. Oompje gebaarde dat ik door kon lopen en opende de dubbele deuren naar de volgende kamer.

'Welkom in ons hoofdkwartier, Viktor Nikolajevitsj,' klonk een bekende stem. Koetoezov stond op en kwam me met uitgestrekte hand begroeten. Hij moest een nogal lange weg om zijn bureau afleggen, dat eruitzag als een helikopterlandingsplaats van notenhout. 'We zijn net klaar met onze vergadering. Maak kennis met deze heren; we hebben ook over jou en jouw aangelegenheid gesproken,' vertelde hij op sympathieke toon, en hij schudde een pluk haar van zijn voorhoofd.

Vijf in pak gestoken heren stonden op uit hun leunstoel, schudden mij een voor een de hand, knikten en keken me recht in de ogen, zonder iets te zeggen. Ze hadden allemaal een ander postuur en leken niet op elkaar, maar waren wel allemaal ouder dan Koetoezov. Het waren Russen, en ze hadden stuk voor stuk een kille blik in hun ogen. Ze verlieten de kamer, en ik wist dat die mannen miljarden roebels waard waren.

Vierentwintig

Adidas-Jevgeni hield het pistool tegen het achterhoofd van de pizzeria-eigenaar. De handen van de restauranthouder trilden behoorlijk. Hij probeerde de juiste sleutel te vinden, maar de hele bos viel op de grond. Ik moest lachen, wist mijn glimlach echter te bevriezen en griste de sleutels uit zijn vingers.

'Geef hier, ouwe zak.' Ik liet de man nog harder trillen. Ik frummelde de kleine kluis open, pakte er een stapeltje roebels uit en telde de biljetten tot ik bij honderdduizend was. 'Zo'n kleine schuld, zoveel moeite. Was dat nou de moeite waard?' vroeg ik.

'Nee nee nee, natuurlijk was het niet de bedoeling om niet te betalen. Maar ik had een groot aantal hammen besteld en ik moest ook groente kopen en... het was niet meer dan een beetje vertraging,' legde hij uit.

'Juist, en daarbij vergat je dat je nog een paar miljoen in de kluis had liggen. Laten we afspreken dat je je voortaan herinnert wanneer er betaald moet worden,' gromde ik en ik zorgde ervoor dat het feit dat hij mij niet kende hem nog meer angst inboezemde.

Jevgeni, of Genja, zoals ik hem intussen was gaan noemen, liet de hals van de man los, die daarop ineenzakte op de grond. We lieten hem achter in zijn kantoor en liepen via de keuken en de met rode bakstenen wanden en geruite kleedjes veritaliaanste eetzaal naar buiten. We gedroegen ons keurig, spuugden niet in de saladebar en lieten de kapstok ook overeind staan. We deden immers alleen zaken, we waren geen vandalen.

Genja behoorde tot Oompjes groep. Hij was een soort veldwerker van hoger niveau, vermoedde ik, al had ik geen misdaadorganigram of iets dergelijks gezien. Koetoezov had

Oompje voorgesteld om mij een paar dagen op sleep\
men. Het zou hoe dan ook enige tijd duren voordat m\
tie was ontrafeld.

Ik had beetje bij beetje geconcludeerd dat Koetoezov l\
gaf aan de Petersburgse maffia, waar verschillende syndic\.en
een financiële bijdrage aan leverden. En Koetoezov zorgde er
op zijn beurt voor dat de groepen die onder het gezag stonden
van de serieus ogende mannen die ik had ontmoet, elkaar niet
onnodig te lijf gingen en in plaats daarvan de terreinen waarop
ze actief waren zodanig verdeelden dat iedereen er vrede mee
had. En dan had je natuurlijk nog de banden met de samenle-
ving, het algemene ontwikkelingsprofiel van de activiteiten et
cetera, zoals Koetoezov zelf zijn takenpakket had omschreven.
Op het moment dat hij dat zei, voelde het alsof de airco in zijn
kantoor een tikje te efficiënt zijn werk deed, ondanks de hitte.
De rillingen liepen me over de rug wanneer ik naar hem luisterde, naar die man met het jeugdige gezicht die zo zachtjes sprak.

En zodoende bleef ik in Sint-Petersburg, wachtend tot de lei-
dinggevenden die daartoe van Koetoezov de opdracht hadden
gekregen hun eigen troepen op pad stuurden om uit te zoeken wie de heroïnemarkt in Helsinki bedierf met zijn dodelijke
handelswaar.

Genja nam mij nederig onder zijn hoede. In het begin zweeg
hij nog uit respect, maar al snel werd hij losser. Eigenlijk was
het zorgeloos gezellig zo met zijn tweeën. We inden achterstal-
lige betalingen, distribueerden cd's aan kiosken en equipeer-
den busladingen vol opa's en oma's die een reisje naar Finland
gingen maken. Iedere muilezel had de volle lading sigaretten
en drank bij zich voor de vlooienmarktverkopers en bracht de
maximaal toegestane kilo's handelswaar taxfree mee terug. Op
een ochtend reden we met een bestelbusje de stad uit naar het
zuiden, in de richting van Tosno. We stopten bij een tankstati-
on, waar een trucker zijn TIR-verzegelde container opende. We
tilden dozen met dvd-spelers en home theatre-versterkers uit
de vrachtwagen en zetten die in de laadruimte van onze bus,
waarna Genja de container opnieuw plombeerde.

Ik klaagde tegen Genja dat ik last had van mijn rug en zei dat ik gewend was regelmatig aan sport te doen. Daarop bracht hij mij naar een particulier fitnesscentrum, dat natuurlijk de flitsende naam Fitness Center Neva droeg – net zoals een rondje trimmen tegenwoordig *circuit training* werd genoemd. Genja vertelde dat hij aan ijshockey had gedaan maar daarbij zijn knieën had vernield. In de sauna vergeleken we onze operatielittekens, en we wedijverden wie het meeste metaal in zijn benen had; metaaldetectoren begonnen te vonken wanneer we erdoorheen liepen, stelden we trots vast.

's Avonds zette Genja mij af bij het hotel. Ik liep nog even naar de stad en nam de groene metrolijn naar het Vasiljevski-eiland, en verbaasde me over de metamorfose die het had ondergaan, over de keurig gelegde straatstenen en de tearooms. Ik keerde terug onder de grond en reed verder naar station Primorskaja. Ik keek naar het hoge gebouw dat me destijds zo chic had toegeschenen, waar ik een appartement toegewezen had gekregen na mijn studie. Ik keek er liefdevol naar maar zag ook dat er ruiten kapot waren en dat die met stukken spaanplaat waren gerepareerd en dat er teksten en tekens op de muren stonden gekrabbeld.

Ik wist en voelde dat ik hier makkelijk aan zou kunnen wennen. Werken zonder vragen te stellen, zonder je zorgen te maken en zonder al te veel na te denken. Doen alsof je thuis bent.

'Heb je het naar je zin gehad, Vitoesja? Wij zijn in ieder geval heel tevreden met je.' Koetoezov wachtte mijn antwoord niet af. Hij schonk thee in kopjes. Ik wist ook zonder op de onderkant te kijken dat het porselein van Lomonosov was.

Genja en ik waren bij Oompje op bezoek, in diens oude woning op het Vasiljevski-eiland. De tussenwanden die in een later stadium waren aangebracht, waren weer afgebroken en deuren in de dragende constructie waren weggehaald; het appartement had min of meer de oorspronkelijke vorm teruggekregen maar verkeerde niet in goede staat.

'Dat komt nog wel. Dit hier wordt nog een heel chique bedoening,' had Oompje verteld tijdens zijn rondleiding. Hij had trots de statige open haard getoond en de spiegels met gouden lijsten, en luchtig gedaan over de ontbrekende stukjes in het parket en het gescheurde behang. Toen Koetoezov arriveerde en zei dat hij even met mij wilde praten, weken Oompje en Genja uit naar een andere kamer.

'Die kwestie in Finland komt wel in orde, dat beloof ik je. Maar jij zou best hier kunnen blijven om voor mij te werken. Direct voor mij, niet voor Oompje.' Koetoezov bood me thee aan en werk, zonder omhaal van woorden. 'Ik ben een man van de nieuwe generatie. Wat we hier nodig hebben zijn hervormingskrachten. Rusland heeft die nodig,' zei hij ernstig. 'De raderen moeten aan het draaien worden gebracht, zonder wrijving. Ons land is aan het verloederen maar heeft wel kracht, rijkdom, kennis.'

En honderd miljoen poepdozen, wilde ik al zeggen, maar ik bleef serieus. 'Maar als ik heel eerlijk ben, dan is wat jullie doen, of wat wij doen, ondanks alles crimineel. Sorry dat ik het zeg, maar zo is het toch,' waagde ik te zeggen.

Koetoezov glimlachte zo vriendelijk en opa-achtig als hij met zijn kindsterrengezicht kon.

'Je hebt gelijk. Maar dat is maar tijdelijk. We zijn startkapitaal aan het vergaren. En wie wordt er nu echt door benadeeld? In Bulgarije wordt een kopie van een cd van een Amerikaanse rockster gemaakt, wij verkopen die aan mensen hier of aan toeristen of exporteren ze naar een markt in Duitsland of Finland. Wie heeft daar voordeel van, wie heeft er te lijden? We distribueren heroïne aan een hopeloze junk in Denemarken. Dat is treurig maar onvermijdelijk. Waarom zouden wij niet in de buit delen?'

Ik wilde en kon niet moraliseren, die ui pellen waarvan iedere laag een nieuwe constellatie van goed en fout blootlegde. En die je iedere keer weer liet janken. Ik vroeg me af hoever ik durfde te gaan in mijn verzet, of ik durfde te zeggen dat ik niet met wapens wilde zwaaien of bij moord betrokken wilde zijn.

'Je zit er wellicht over in dat je niet als torpedo wilt fungeren, niet wilt dreigen en schieten,' las Koetoezov mijn gedachten. 'Ik probeer mensen in te zetten op functies waar ze goed in zijn. Gebruik te maken van hun sterke punten, hun zwakheden verbergen. Dat is een oude, wijze strategie. Ik ben op de hoogte van jouw officiersopleiding, de rapporten, de beoordelingen, alles. Jij zou je bijvoorbeeld voor westerse bedrijven die zich hier willen vestigen bezig kunnen houden met veiligheidsvraagstukken, als consulent werkzaam zijn, adviseren, contacten leggen. Dat doet Oleg ook, je oom. Maar hij is al een oude man. Ik ben op zoek naar de actoren van de toekomst.'

Hij keek me aan en deed me daarbij denken aan een onderwijzer van de basisschool die ik had gehad en die een vurige blik in zijn ogen kreeg wanneer hij sprak over de helden van de elektrificatie en degenen die de Baikal-Amoerspoorweg hadden aangelegd.

'Wij werken voor Rusland aan de dag van morgen. Vandaag zijn er maar een paar die daar rijk van worden, die statige landhuizen met jacuzzi's bezitten. Maar we bouwen die wel hier, in Rusland. En hier investeren we onze winsten ook. In dit land. We bouwen een geheel nieuwe infrastructuur, fabrieken, scholen, ziekenhuizen, kortom: de toekomst voor het hele volk. Dat gebeurt niet van de ene op de andere dag, maar het gebeurt. En jij hebt de mogelijkheid om daar deel van uit te maken.'

Koetoezov geneerde zich niet voor zijn pathos. Hij glimlachte weer vriendelijk en ging verder, ieder woord afzonderlijk benadrukkend: 'Denk erover na. Wij geloven dat de toekomst hier ligt. Je ziet nu al dat er overal in de stad dingen zijn veranderd. Je ziet ook dat we de stad hebben gezuiverd van alle Tsjetsjenen en Dagestanen en andere spleetogen. In Moskou dansen ze nog op de tafels, maar niet lang meer. En dat zullen ze ook in Grozny of waar dan ook lange tijd niet meer doen.'

Koetoezov knikte bijna onzichtbaar en vertrok. Ik vroeg me af waarom hij mij dit baantje aanbood, een Fin.

Vijfentwintig

'Als je nog somatropine of andere drek nodig hebt?' Genja opende een kartonnen verpakking en zwaaide met ampullen. Hij stapelde de doosjes op elkaar op een stalen rek en probeerde de tubes crème en de flesjes pillen te sorteren. 'Hier is ook nog viagra en een medicijn tegen kaalheid. En Mobilat en Voltarengel, voor als je nog last hebt van je spieren.'

'Nee dank je. De stijfheid zit precies op de juiste plekken en ook m'n vacht groeit goed,' verzekerde ik hem.

'Deze hier kun je anders ook probleemloos nemen als je gezond bent. Deze pillen bevatten kalk of een of ander suikermengsel. Die zijn niet eens in de buurt geweest van Ciba-Geigy. Maar ze verkopen verbazingwekkend goed. Vooral aan bodybuildende klerenkasten. Als je daar in slecht Engels iets tegen fluistert van *hormon, hormon, strong muscle*, dan kopen en betalen ze wat je maar wilt. En als het spul echt is, betreft het een extract van de hypofyse van een of andere dode junk. Ik zou het risico niet nemen, gadverdamme.'

Genja liet zien hoezeer de gedachte hem deed huiveren.

Ik hield er niet van om in deze loods rond te hangen. Ik spoorde Genja aan om de spullen te zoeken waarvoor we gekomen waren en een punt te zetten achter zijn farmaceutische spelletjes. En ik herinnerde mezelf eraan dat de centrale recherche en het dopingonderzoek ver weg waren en dat ik in die zaak niets te verbergen had. Niet veel althans. En over deze snoepjes werden mij geen vragen gesteld. En dus zette ik de gedachte daaraan uit mijn hoofd.

We klapten de achterbank van Genja's Volvo-stationwagen weg en stapelden de laadruimte vol met langwerpige verpakkingen waar cd's in zaten en kartonnen dozen met sloffen sigaretten.

'Ook deze hier komen tegenwoordig uit China omdat ze goedkoper zijn. Die arbeidskosten – daar kan de productie van ons eigen land niet tegenop,' legde Genja uit. 'In onze eigen afzetregio bieden we deze slechtere kwaliteit niet aan, die wordt alleen op de markt in Vyborg verkocht. En door vrachtwagenchauffeurs naar Finland vervoerd. Godvergeten gif dit. Er stijgt rook uit op, maar het smaakt vreselijk.'

Hij zwaaide de scheefhangende deuren van de loods dicht en draaide de sleutel om in het hangslot, dat een paar kilo woog. Het pand was uit grijze baksteen opgetrokken en de rode verf begon van de houten deuren af te bladderen. Boven de ingang bevond zich een rij lage raampjes. Er stonden een stuk of vijftien van dergelijke opslagloodsen naast elkaar. Drie deuren verderop werden de banden van een Toyota verwisseld. De achterkant van de auto werd door een vorkheftruck in de lucht gehouden, en een man in een overall draaide met een pneumatische sleutel de wielmoeren los.

'Hier zijn allemaal kleine bedrijfjes gevestigd. En het zijn voornamelijk opslagloodsen,' legde Genja uit.

'Heeft Oompje nog meer locaties?' vroeg ik. 'Al is dat waarschijnlijk niet mijn zaak.'

'Ik denk 't niet nee,' reageerde Genja kortaf.

De stoplichten stonden op rood en begonnen toen geel te knipperen. Er stonden twee leden van de militie op straat met een lichtgevende wapenstok in de hand. Een van hen sprak in een portofoon. We zaten te wachten in de Volvo. De hitte liet de lucht vibreren, het asfalt straalde warmte uit, en de auto's die in een rij voor het stoplicht stonden stootten blauwgrijze uitlaatgassen uit. Genja kreeg er genoeg van, draaide de auto half het trottoir op en gleed langzaam op de kruising af.

'Wat doe je nu?! We hebben een auto vol met illegale waar en jij staat op het punt de militie over z'n tenen te rijden!' riep ik stomverbaasd.

'Geen paniek, Vitoesja. Je hoeft niet alle wetsartikelen serieus te nemen. Deze hier geldt niet voor ons, en die jongens daar weten dat ook,' zei hij. Hij liet de auto rollen en sloeg op de hoek van de straat rechts af. Achter ons stond een file van honderden meters, evenals op de andere rijstrook, maar in de richting die wij op wilden was alles leeg. De milities volgden ons met hun blik, uitdrukkingsloos. Genja groette hen lui door twee vingers van het stuur omhoog te bewegen, en gaf toen gas.

We passeerden de file bij de volgende kruising op dezelfde manier. Ik kon nog net zien dat er een colonne onderweg was, een huizenblok verderop. De groep zwarte auto's reed in ganzen-mars dezelfde richting op als wij, met knipperende alarmlichten, en midden in de rij bevonden zich twee grote Mercedessen.

'Wat zou dat geweest zijn? Een staatsbezoek of een of andere hoge piet?' vroeg ik.

'Geen idee. Interesseert me ook niet,' mompelde Genja terwijl hij om een riooldeksel heen reed dat diep in de weg verzonken lag. 'God is hier maar de tsaar is ver weg, zoals het spreekwoord luidt. Zij hebben hun eigen wegen, wij de onze.'

Hij sloeg de weg in die over de oever van de Fontanka loopt. De auto's in de file achter ons probeerden in beweging te komen, worstelend als een veestapel die in een kraal is samenge-pakt.

'Waar hou jij je godverdomme nog aan toe verscholen, rot-joch?' brulde Korhonen door de telefoon.

'Ik ben in Sint-Petersburg. En voor ons gemeenschappelijk belang ook nog, ik probeer ons probleempje op te lossen,' antwoordde ik rustig.

'Een probleempje dat steeds groter wordt. Hier waart god-domme de pest rond, of weet ik met wat voor ziekte we van doen hebben. Dodelijk is ie in ieder geval. En dan bedoel ik niet dat die superheroïne dodelijk is, maar dat iemand de dealers en junks aan het afwerken is en dat er al drie het loodje hebben ge-legd. Twee door een nekschot en eentje heeft een verbrijzelde schedel. Niet dat ik nou zo verdrietig om die gasten ben, dat waren ook niet de kurken waar de economie op drijft, maar ik moet toch godverdomme een beetje op de hoogte zijn van wat er in mijn stad gebeurt,' bulderde hij verder.

'In ieder geval heb ik daar niets mee te maken, maar ik kan

me zo ongeveer voorstellen waar het om gaat,' zei ik.

Terwijl de rillingen me over de rug liepen, besefte ik dat de Petersburgse maffia met de grote schoonmaak was begonnen. Aangespoord door mij.

'Ik vertel het je meteen zodra ik meer weet,' zei ik in een poging het onderwerp te laten rusten. 'Hoe gaat het verder daarginds? Hou je het een beetje vol met die hitte? En je liefdesleven?'

Korhonen was met stomheid geslagen, maar hervond zich al na drie seconden. 'Probeer jij je eigen lul maar in je broek te houden, Kärppä. En in je eigen wijf. Als ik behoefte voel om over tedere momenten te praten, chat ik wel mee op www.oudersvannu.com. We bellen,' zei hij kortaf voordat hij ophing.

Ik stopte mijn mobieltje terug in mijn zak.

'Sorry voor de onderbreking,' zei ik.

'Wat was dat?' vroeg Koetoezov.

'Iemand in Finland vroeg hoe het ging, of ik al wat te weten was gekomen,' zei ik vrij direct.

'Dan belde die net een paar minuten te vroeg, nog even en dan heb je iets om te vertellen. Maar vertel me eerst eens of je over mijn voorstel hebt nagedacht.' Hij ging aan zijn schrijftafel zitten en speelde wat met een pen.

'Dat heb ik,' probeerde ik zo respectvol mogelijk te zeggen. 'Maar ik wil toch eigenlijk liever terug naar Helsinki, naar mijn eigen kleine leventje. Ik weet niet of ik oud begin te worden, maar ik ben gewoon niet meer zo ondernemend, heb de puf niet meer om grotere doelen na te streven.'

Koetoezov keek me aan; hij keek teleurgesteld noch verbaasd. 'Goed. Nou, dan ben je vanaf nu op jezelf aangewezen...'

'En de kwestie waar het allemaal om draaide? Die superheroïne?' waagde ik nog te vragen.

'Jaaa...' Hij dacht even na over hoe hij het zou formuleren en maakte toen een stopteken met zijn hand. 'Daar is nu een eind aan gemaakt.'

Hij nam de tijd om gemoedelijk achterover te leunen in zijn stoel en ging toen pas verder: 'Kijk, we hebben een rekensommetje gemaakt met alle informatie die we hadden: dat wat wij elk op ons eigen niveau al wisten, dat wat jij hebt verteld en vervolgens de navorsingen van Nazarjan en Gerasimov. Als die her en der de boel een beetje uitschudden, vallen er altijd wel wat kruimels. Ik heb gehoord dat jij hen al kende, uit vroeger tijden. Ze staan niet bij mij op de loonlijst, maar aangezien we onze krachten moesten bundelen...' vertelde Koetoezov omslachtig. Hij zag dat ik ongeduldig was en kwam alsnog ter zake.

'De keten bevond zich erg dicht bij jou in de buurt. Het verbaast me niet dat jij ook werd verdacht. Maar die keten is nu verbroken, en er zijn ook een paar schakels vermorzeld. En degene die de boel liet draaien... dat was die Vogelman. Die zoon van die werknemer van je. Wat is z'n Finse naam ook alweer, Gjuru.' Hij fronste terwijl hij de naam probeerde uit te spreken.

'Kiuru,' zei ik bevestigend.

'Die had je zelf ook al in het vizier. We hebben vanavond een vergadering. Daar beslissen we over verdere maatregelen wat die Vogelman betreft.'

Ik knikte.

Ik kon wel raden hoe het oordeel van het maffiamanagement zou luiden. En bezwaar aantekenen was niet mogelijk.

Zesentwintig

Ik ging op mijn hotelbed liggen, sloot mijn ogen en ademde diep in, waarna ik mijn longen langzaam liet leeglopen. Ik herhaalde die ontspanningsoefening, maakte mijn hoofd leeg, probeerde te kalmeren. Vervolgens dwong ik mezelf te concentreren en na te denken.

Ik wist wat ik moest doen en in welke volgorde. Als allereerste moest Matti Kiuru in veiligheid worden gebracht. Ervan uitgaande dat hij nog leefde. Ik kon mijn oren bijna niet geloven toen zijn vader Antti de telefoon opnam: 'Ja hoor, hij hangt hier ergens rond, waarschijnlijk ligt ie nog te slapen.'

Ongeduldig trommelde ik met mijn vingers op de beddensprei, en ik keek naar het verkeer op de rivieroever, waar altijd wel auto's reden. Via de telefoon hoorde ik gestommel in het appartement in Länsimäki, gepraat dat weergalmde en waar je alleen een ontevreden, barse toon bovenuit hoorde – vader en zoon die in gesprek waren.

'Jooo,' zei Matti op een slome, ongeïnteresseerde toon.

'Luister, ik heb nu geen tijd om het uit te leggen. Ik kom je wakker schudden, voor eens en altijd. Ze zitten met torpedo's achter je aan, zijn van plan je te vermoorden. Het verbaast me zelfs enorm dat je nog in leven bent. Pak de reservesleutel van Aleksejs woning, die hangt aan een touwtje aan de muur, precies boven jullie telefoon daar; ga daarnaartoe en wacht. Nu. Niet eerst scheren en ontbijten. Je moet daarheen, en zet ook je mobieltje uit. Je doet alleen open voor Aleksej of voor mij, voor niemand anders. Geen vragen, en zeg ook niets tegen je vader. Is dat duidelijk? Geef je vader even weer aan de lijn.'

Ik gaf Matti niet de gelegenheid om vragen te stellen maar

vroeg me af of alles wat ik hem had opgedragen wel in zijn geheugen was opgeslagen.

Antti Kiuru nam de telefoon over: 'En, hoe was het in Rusland?'

'Drukdrukdruk. Luister, Matti moet even een karweitje voor me opknappen. Zorg ervoor dat ie meteen vertrekt. Als er iemand komt en naar hem vraagt, zeg je dat je niet weet waar hij is, oké?'

Ik hield het kort. Antti was verbaasd maar drong niet aan op tekst en uitleg.

Aleksej stond achter de toonbank van de zaak in reserveonderdelen. Ik vroeg hem of alles in orde was en of hij zich even kon terugtrekken, waarop hij begon te babbelen: 'Ach ja, behalve over de armoede valt er niets te klagen. De zaken gaan goed, de zaken gaan goed, we trekken de broekriem aan maar alleen als ie een gaatje te ruim zit. Alles gaat z'n gangetje, dus ik kan wel even uit het zicht gaan staan. En wat heeft mijn broertje op zijn hart? Heb je remblokjes nodig voor die Duitse snelheidsduivel van je?'

'Houd je muil. Het is ernstig en er is haast bij,' zei ik bot. 'Je neemt de rest van de dag vrij, gaat naar je woning en haalt Matti Kiuru daar op... Ja, Matti is bij jou. Luister nou godverdomme eens een keer en doe wat ik zeg,' ging ik kwaad verder toen Aljosja me wilde onderbreken om zijn verwondering te uiten.

'Oké oké oké,' deed hij zogenaamd beledigd. 'Sorry dat ik verbaasd ben. Maar wat gaat het mij ook aan wat er in mijn appartement gebeurt.'

Ik probeerde mijn kalmte te bewaren en herhaalde dat hij Matti moest ophalen en dat ze zich schuil moesten houden. Als Aleksej er zeker van was dat ze niet gevolgd werden, kon hij de jongen naar mijn opslagloods in Tattarisuo brengen.

'Je toont hem waar de koelkast staat en laat hem bij hoog en laag zweren dat hij daar blijft. Dan doe je de deuren op slot, je pakt de Mercedes en rijdt naar Vaalimaa om mij bij de grens op te pikken. En zet er vaart achter!' beval ik hem.

'Opdracht meer dan duidelijk,' verzekerde hij me. Ik kon alleen maar hopen dat dat zo was.

Genja reed. Een groepje sparren van gelijke hoogte deelde de weg in tweeën. Toen ik mijn hoofd opzij draaide, zag ik geen afzonderlijke bomen maar alleen een grijze en groene massa die voorbijschoot in de felle middagzon. Het liefst had ik de hele tijd geroepen: 'Sneller, plankgas!', maar Genja had al aangegeven dat hij zo hard reed als hij kon. Hij vroeg of ik überhaupt van zins was deze rit te overleven. Ik vertelde hem maar niet dat het juist om een kwestie van leven of dood ging, van op tijd zijn of te laat komen.

Toen ik om een lift had gevraagd, eerst naar het hotel en vervolgens naar de grens, had Oompje gegromd: 'Vraag Jevgeni maar.' Genja stond niet te springen, leek zich zelfs terug te willen trekken, maar gaf zich gewonnen toen ik hem een flinke beloning beloofde: het bundeltje roebels en de wapens die ik in Vyborg had geleend. Ik was niet van plan om daar langs te gaan om de kelderbalans weer sluitend te maken, maar ik zou Genja het geld, de revolver en het geweer ook niet geven voordat we bij de grens waren.

De auto slingerde en schommelde over het golvende asfalt; in sommige grotere gaten veerden de schokdempers helemaal naar de bodem, waardoor Genja een gesis tussen zijn tanden door liet ontsnappen. Ik pakte mijn mobieltje en typte een sms naar Korhonen: *Zorg dat je Oleg Nazarjan en Ilja Gerasimov te pakken krijgt. Anders vallen er nog meer doden. Ik ben onderweg naar Helsinki. Kärppä.*

Meer kan ik nu niet doen, verzuchtte ik in mezelf. Matti Kiuru moest inmiddels in veiligheid zijn, zowel voor moordenaars als voor de politie. Ik wist dat ik hem niet lang in de opslagloods verborgen zou kunnen houden. Hij moest ergens in het buitenland onderduiken, of anders moest er op een of andere manier een vredesverdrag met Sint-Petersburg tot stand worden gebracht. En daar zouden indrukwekkende diplomatieke vaardigheden, geld, geschenken, alsmede de belofte zich te verbinden tot langdurige vriendschap, samenwerking en ondersteuning voor nodig zijn. Over de zorgen van morgen gaan we komende nacht pas wakker liggen, hield ik mezelf voor. Eerst moest ik Matti Kiuru aan het praten krijgen, precies uitvissen hoe dat zat met die heroïne.

Ik was eerder verdrietig dan bezorgd. Ik kende Matti al toen hij met zijn familie naar Finland was verhuisd. Hij was een robuuste en snelgroeiende jongen, wist met inzet van zijn lichaam het gestoei op het schoolplein te overleven en slaagde erin een plekje in het voetbalteam te bemachtigen. Ik volgde zijn ontwikkeling en zag dat hij een uitzonderlijke bewegingszin had, dat hij in staat was de verrichtingen van anderen te kopiëren als hij ze één keer had gezien, dat hij de bewegingen van zijn lichaam uitstekend beheerste en ze door middel van herhaling tot automatismen wist te maken, in zijn geheugen wist op te slaan.

Ik probeerde hem het een en ander bij te brengen. Ik troostte hem dat trainers ook niet alles wisten: doe jij je eigen oefeningen maar, en daarbij ook nog deze sprongen, passen, coördinatieloopjes, handstanden en salto's, dan zou je heel goed een sportman kunnen worden. We droomden er soms al van dat hij als B-junior ooit met de trainingen van de Vuosaari Vikings zou kunnen meedoen; die hadden een Russische trainer die verstand had van voetbal en ook van lichamelijk oefening.

En toen ineens was Matti me ontglipt; hij was gestopt met voetbal zonder uit te leggen waarom, en met zijn vader Antti sprak hij daar al helemaal niet over, ook niet over het feit dat hij van school was gegaan, nergens over. Ik zag Matti in de stad, in veel te chique kleren en net iets te fout gezelschap, zag hoe hij veranderde in het type onbeholpen reus waarvan er al veel te veel in de cafés rondhingen. Maar dat hij bij zware misdrijven betrokken was, had ik nooit gehoord.

Tot op dit moment.

Het onvoltooide ziekenhuis van Vyborg staarde ons somber aan met zijn lege venstergaten. We reden over de brug de stad uit, en meteen bij de eerste slagboom stopte Genja langs de kant van de weg, waarna hij het schildwachthuisje binnenliep en bijna meteen weer terugkeerde.

'Je stapt op de eerstvolgende bus. Die komt waarschijnlijk al over een minuut. Bij de grens weten ze van je komst. Het is voor mij lastig om tot aan Torfjanovka te rijden – en voor jou om te voet de grens over te gaan,' legde hij uit.

Hij pakte een keurig opgevouwen plastic tas uit het bergvakje in het portier. Ik stopte de revolver en de geldbundel erin en legde de tas op de vloer van de auto. De kalasjnikov lag al onder de mat in de kofferbak. Ik gaf hem een hand, bedankte hem voor de lift en voor de hulp.

'Wat zou het, ik had toch niets te doen,' wuifde hij mijn woorden weg. Hij klonk een tikje formeel en wist niet goed wie zich nu aan welke zijde bevond.

'Nou, hou je goed. We pakken er eentje wanneer we elkaar terugzien, na de oorlog, om twee uur,' zei ik bij wijze van afscheid en ik gooide de deur van de Volvo dicht.

De Finse bus arriveerde. Een soldaat in een groen shirt gebaarde dat ik moest wachten, stapte in en sprak met de gids. Hij maakte een hoofdgebaar in mijn richting. Ik klom naar binnen, groette de gids en de chauffeur en ging op de voorste bank zitten. De bus was maar voor de helft gevuld met passagiers.

In Torfjanovka stonden we twintig minuten in de rij, en nog eens twintig minuten werden in de laatste taxfreeshop verspild. Eenmaal in Vaalimaa liep ik samen met de gids het douanegebouw binnen. 'Juist ja, dit is die passagier die er nog bij is gekomen,' zei de Finse grenswachter terwijl hij in mijn paspoort keek.

Aleksej stond op me te wachten met de snuit van de Mercedes in westelijke richting. Hij hing half op de bestuurdersstoel, met zijn voeten op het asfalt en een zonnebril met blauwe glazen op zijn neus. Hij had de radio keihard staan en trommelde met zijn vingers op het stuur in het ritme van de muziek.

'Laat mij maar rijden,' begroette ik hem.

V

Geen angst, nederige legerschaar,
Wanneer het razende brullen van de vijand
De lucht reeds vult.

Vers 571

Zevenentwintig

'Goeiemorgen,' galmde ik om Matti Kiuru te wekken. Hij schopte de deken van zijn benen. Hij droeg een boxershort en had een
dikke ketting om zijn hals. 'Wat was het lekker warm, je hebt
vast heerlijk geslapen,' zei ik zoetgevooisd als een oma.

Ik haalde yoghurt, brood en beleg en vruchtensap uit de plastic tas, voor het ontbijt.

'Ga eens pissen en je smoel wassen, daarna kletsen we even,'
beval ik hem. 'Aleksej en ik zijn pas vannacht in Helsinki aangekomen. Het leek ons goed om je uitgebreid te laten uitrus-
ten. We zijn hier trouwens wel even geweest. De loods was
donker en ook buiten zagen we niets anders dan een paar vos-
sen. Aljosja is net naar zijn werk vertrokken. Dat wil zeggen,
ik heb hem daarheen gebracht. Hij heeft de nacht bij mij doorgebracht. Het was qua slaap een beetje een kort nachtje, maar
Aleksej wilde zijn toeslag voor zaterdagwerk niet verliezen,'
babbelde ik in de richting van het geklater. Vervolgens klonk
het geluid van een wc die werd doorgetrokken en een kraan die
werd opengedraaid.

Aan de deurzijde van de loods bevond zich een kantoor met
daarnaast de wasruimtes, en daarboven een tweede verdieping
met een koffiekamer, keuken en toilet. Matti had op een brits in
de koffiekamer geslapen, zonder lakens boven op de matras en
een zitbankkussen.

'Hier in de kast had je wel een slaapzak kunnen vinden, hoor.
Maar op dit soort warme dagen overleef je het ook wel met alleen een sprei natuurlijk.' Ik wist dat ik klonk als een empa-
thische welzijnswerkster in haar gipskartonnen kantoortje, die
een dubbele achternaam voerde en foto's van de kinderen op
haar bureau had staan. Hé, goed joh, ik zie dat je de inburge-

ringscursus al hebt gedaan en ook je computerdiploma heb je gehaald.

'Luister Matti. Ik ken je al vanaf dat je een kind was. En de situatie is nu zo ernstig dat je echt tot je nek in de stront zit. We moeten de dingen nu echt bij de naam noemen, anders overleef je dit niet,' zei ik rechtdoorzee. Nu begon ik te klinken als dat tv-spotje waarin je wordt aangespoord eerlijk uit te komen voor je endeldarmklachten.

Matti slurpte yoghurt rechtstreeks uit het pak en schaafde een paar plakken kaas af. Hij kauwde irritant hoorbaar terwijl hij zijn brood at, keek nu eens naar mij, dan weer naar de witte muur, waarop ter decoratie een spandoek van voetbalclub Zenit uit Sint-Petersburg met punaises was bevestigd.

'Er valt helemaal niets te praten,' zei hij met een gezichtsuitdrukking die moest aangeven dat hij het probleem niet zo zag.

'Luister Matti, ik ben op de hoogte van Crocodile en China White en Dragon Lady en hoe die fentanylrotzooi of superheroïne verder nog mag heten. Ik weet ervan. Dus doe eindelijk je mond open.' Ik ging tegenover hem zitten en keek hem doordringend aan.

Hij vertrok zijn mond tot een streep, nam een hap brood en begon met stijve kaken net zo natuurlijk te kauwen als ze dat in volkorenbioroggebroodreclame doen.

'Dat kan ik niet. Op geen enkele manier. Zelfs al zou ik iets weten, dan nog kan ik niets zeggen,' zei hij hoofdschuddend. Ik kreeg het gevoel dat ik nu lang genoeg de begripvolle straathoekwerker had uitgehangen en dat ik Matti zo meteen eens flink op zijn muil zou geven.

Er werd op de metalen deur van de loods geramd. Het was geen kloppen en zelfs geen gedreun: er werd echt op gehamerd en geslagen. Ik hief mijn hand op om Matti te waarschuwen, ging dicht tegen de muur staan en bewoog me naar het raam om een blik naar buiten te werpen. Tegelijkertijd rinkelde mijn mobieltje. Ik zag hoe Korhonen een stuk buis weggooide, zijn telefoon tegen zijn oor hield en naar het raam keek.

Ik ging naar beneden en liet Korhonen binnen. Meteen deed ik de deur weer zorgvuldig op slot.

'Op weg naar je plantage?' zei ik spottend. Hij droeg een lichte linnen broek en een iets donkerder jasje, en had de bovenste knopen van zijn overhemd opengelaten.

'Zelf ook gegroet, Finlands sportieve belofte. Straks de modeadviezen. Was dat niet slim van mij, te veronderstellen dat je hier bent?' riep Korhonen. Ik was te laat om hem te beletten naar de koffiekamer te lopen, waar hij Matti zag zitten.

'O jee, stoor ik? Jullie waren toch niet net lekker aan het knuffelen?' Hij barstte in lachen uit om zijn eigen grapje. 'Geintje! Maar ik ken Viktor goed genoeg om te weten dat als hij mij vraagt achter een stel moordenaars aan te gaan, hijzelf bezig is iemand in veiligheid te brengen. En om te weten waar. Naar zijn eigen tent natuurlijk, oftewel naar dit industrieel complex in deze volop in ontwikkeling zijnde productieregio. Doodnormale logica.'

Hij leunde voorover op de tafel.

'Ach, en deze donkere schoonheid ken ik ook ergens van. Vertel oom Teppo maar eens hoe de vork in de steel zit, zodat ik naar huis kan om de sauna op te warmen. Dus, welk traject legt die heroïne af?'

Matti zuchtte diep, hief toen zijn hoofd op naar Korhonen en siste: 'Jou vertel ik in ieder geval niets, zeikstraal. Behalve dan dat je uit je nek zit te lullen.'

'Potverdriedubbeltjes, die was raak. Maar goed, we zullen eens zien wie wie bij de kraag grijpt. Best mogelijk dat die een heel nieuw overhemd nodig heeft.' Korhonens stem galmde als een ijskoude ijzeren stang. 'Daarginds staan een paar kerels langs te weg te gluren. Ze keken deze kant op, en volgens mij zijn ze geen paddenstoelen aan het zoeken. Jij hebt dus de keuze tussen exact twee alternatieven: of je gaat naar ze toe en zegt sorry, ik bedoelde het niet zo, of je vertrouwt op mij.'

Ik wilde hem er net aan herinneren dat ik nog een derde onderhandelingsmodel kon aanbieden, toen er opnieuw op de deur werd geramd. Ik sloop wederom naar het raam om te kijken. Karpov, mijn zakenpartner en langlaufkameraad uit Sortavala, stond tegen de ingang te trappen.

'Waarom heb je de deur op het nachtslot? Ik probeer en probeer maar, past die sleutel soms niet,' mopperde hij met een verwijtende blik op zijn gezicht, dat leek op dat van Jorma Hynninen.

'Tjonge, wat lijkt die man op Jorma Hynninen,' zei Korhonen verwonderd vanaf de trap.

Ik stelde hen aan elkaar voor, zei dat Korhonen agent was en Karpov mijn goede vriend en zakenpartner. Korhonen zei dat hij dat wist, gromde iets over zijn eigen dossiers en over het feit dat hij desondanks verbaasd was over de gelijkenis met de beroemde operazanger nu hij Karpov in levenden lijve zag. Ik probeerde de situatie in de hand te houden en me op één probleem tegelijk te concentreren.

'Er was hier net even iets gaande. De zoon van Antti Kiuru, Matti, is hier ook, hij schuilt hier, en Korhonen kwam naar hem vragen. Inderdaad, in verband met die heroïnekwestie,' legde ik uit.

Karpovs gezicht betrok.

'O nee, ik voelde het toch aan m'n water. Waarom moest ik hier nou naartoe komen? Ach, wreed lot, dat de mens als speelbal gebruikt,' lamenteerde hij. 'Daarginds staat namelijk een stel behoorlijk zware jongens in de struiken. Moet ik er fluks vandoor gaan? Ik heb hier namelijk helemaal niets mee te maken.'

Korhonen hield geknield de wacht bij het raam van het kantoor op de begane grond. 'Het lijkt buiten wel een evangelische jongerendag, zoveel volk staat er. Maar ze komen niet voor de jaarlijkse picknick. Want als het loon der zonde de dood was, zou er nu worden afgerekend.'

Hij glimlachte in onze richting maar leek het eerder tegen zichzelf te hebben; er klonk een opgefokte alwetendheid door in zijn stem.

'En de enveloppen zijn bloedrood. Er wordt zwart uitbetaald.'

Hij draaide zich om, keek naar buiten en veranderde onmiddellijk van toon; hij klonk weer normaal pesterig. 'Daar staan er een paar die duidelijk Russisch zijn. Sorry hoor jongens, maar dat zie je op afstand. En ik zie nog een paar ondefinieerbare nationaliteiten, leden van de lokale motorbende.'

We voegden ons bij Korhonen om te kijken. De loods stond achter op een vrij lang en smal perceel, ongeveer dertig meter van de weg af. Op het erf bevonden zich gedemonteerde aluminium bouwsteigers, opgestapelde planken en een tractor. De Mercedes stond verder naar opzij, naast de ijzeren omheining. Op de straat zag ik auto's, motoren en mannen die zich in kleine groepjes hadden verzameld, alsof ze op het grasveld voor het cultuurhuis van een kolchoz stonden.

'Juist. Alleen Dersu Uzala en Bim Zwartoor ontbreken zo te zien,' moest ik toegeven.

'O shit,' zei Korhonen bijna opgetogen terwijl hij naar zijn mobieltje greep dat aan zijn broekriem hing. 'Ik moet om versterking vragen.'

'Ben je besodemieterd!' riepen Karpov en ik in koor. Korhonen verstijfde en probeerde ons allebei tegelijkertijd aan te kijken. Ik gaf hem een trap tegen zijn pols en zijn Nokia vloog door de lucht. Karpov greep hem snel.

'Niet om het een of ander, maar dat gaat gewoon niet. We leveren Matti aan niemand uit, niet aan die gasten buiten en niet aan de politie,' legde ik uit terwijl ik naar mijn rug greep om mijn pistool onder mijn broekriem vandaan te halen.

'En ik wil geen pottenkijkers in mijn opslagloods hebben,' haastte Karpov zich te zeggen terwijl hij Korhonens mobieltje in zijn zak stopte.

'Die telefoon straks teruggeven aan Korhonen,' kon ik hem nog net opdragen; toen ging er een windvlaag door mijn haren en over mijn wangen en oren die zelfs door mijn borstkas golfde. Ik wist nog voordat ik het goed en wel besefte dat het om een explosie ging.

'Ze schieten godverdomme met een raketwerper,' concludeerde Korhonen, die zich op de grond had laten vallen. Boven het raam zat een keurig gat van een halve meter doorsnee; je kon er zo een airconditioner op aansluiten.

Ik probeerde me te herinneren wat ik in het leger had geleerd over de werking van een granaat met holle lading. Ik nam aan dat die zou smelten wanneer hij het pantser doorboorde, en vervolgens in op gesmolten druppels lijkende splinters uiteen zou spatten. Ik blikte snel even de loods in. Het projectiel was geheel intact door de façade en de tussenwand gegleden en in een aantal balen steenwoldekens terechtgekomen, waar hij zijn thermische en kinetische energie had verloren in het onbrandbare isolatiemateriaal. Er klonk gesis uit de in roodgestreept plastic ingepakte rollen, maar er was geen rook of beginnend vuur te zien.

Ik hurkte weer naast Korhonen neer onder de vensterbank.

'Breng Matti in veiligheid en zorg dat ie rustig blijft. Sla hem desnoods in de boeien. Wij regelen dit hier,' beval ik hem. 'O ja, en laat je windjack daar op die stoel liggen. Je wapen zit in een van de zakken.'

Korhonen schudde zijn hoofd maar trok zijn jas toch uit en liep naar boven.

'En wat is de mening van de *Pamjat Iljitsja*-jongeren van de kolchoz in het district Krasnodar hierover, die op de oever van de rivier de Koeban te paard komen aangereden?' sprak Karpov.

'En de beroemde, uit de Altaj afkomstige graanverbouwer Michail Jefremov en de jonge agronome Lidija Bogdanova?' ging ik verder. Zowel bij hem als bij mij thuis was het geïllustreerde werk *De zestien republieken van de Sovjet-Unie* van N. Michailov in de Finse vertaling van Tuure Lehén gelezen. Het was een terugkerende vorm van amusement voor ons om uit het boek te citeren; verheven zinnen die toch ook nostalgie in zich droegen.

'Van radeloosheid is bij hen geen sprake. Van hun noeste arbeid profiteert immers het hele volk,' parafraseerde Karpov, waarna hij naar een laadcontainer achter in de loods rende. Hij doorzocht zijn sleutelbos en klikte het slot open, draaide de grendels omhoog en trok de deur met knarsende scharnieren open.

'Kom effe helpen,' zei hij.

'Vergeet het maar. Ik schiet. Jou zou ik nog geen luchtbuks in handen geven, straks doe je nog iemand pijn,' pestte ik. Waarna ik er zachtjes aan toevoegde: 'We zorgen ervoor dat Korhonen uit de buurt blijft, die is een beetje labiel momenteel. Moeilijk te zeggen of hij een groter gevaar voor zichzelf is of voor zijn omgeving.'

Karpov knikte dat hij het begrepen had.

'Ik kan niet beweren dat ik nou zo bekend ben met dit ding,' zei ik met gevoel voor understatement terwijl we het machinegeweer naar de ingang van de loods droegen. 'NSV, twaalf punt zeven millimeter. Zowel voor doelen in de lucht als op de grond.'

'Waar heb je die vandaan?' vroeg Korhonen verbaasd, boven aan de trap.

'Bij een bouwmarkt in Kondopoga, in de uitverkoop. Puur voor recreatieve doeleinden, kunnen de kinderen ook eens knallen,' gromde Karpov. Hij bewoog de mitrailleur heen en weer op het onderstel en liep toen naar de container om een magazijn te halen.

'Geen zorgen, niemand gaat het loodje leggen. Daarom ben ik degene die schiet, en niet Valeri. En jij al helemaal niet,' legde ik Korhonen uit. 'Ik wil ze alleen maar een beetje bang maken. Dat ze beseffen dat ze beter niet dichterbij kunnen komen.'

'Ik denk dat ie nu wel boem doet,' zei Karpov.

Ik legde het wapen tegen mijn schouder, ging wijdbeens staan voor extra stabiliteit en herhaalde in gedachten tegen mezelf dat ik alleen min of meer vooruit zou richten. De draagwijdte van de mitrailleur bedroeg een paar kilometer, zodat de ballistische banen die op een afstand van enkele tientallen meters ontstonden alleen zichtbaar zouden zijn op millimeterpapier. Ik zette me schrap op de betonnen vloer, verbeterde mijn grip nog een beetje en ademde gelijkmatig door, als een pistoolschutter die wacht terwijl de schietschijf wordt omgedraaid. Ik telde hardop een-twee-drie-nú, waarop Karpov de deur opentrok.

Buiten was het licht, in de loods schemerig. Degenen die langs de kant van de weg stonden zagen alleen dat de deur openging, maar niet dat één meter daarachter een mitrailleur was opgesteld. Ik vuurde een hele serie af. In eerste instantie vloog er alleen wat grind en zand op in de berm, maar toen wist ik verder omhoog te richten – of liever gezegd, het wapen hief als vanzelf zijn loop op – en op de flank van een metallic blauwe BMW begon zich een gewelfde rij vingerdikke gaten af te tekenen, alsof er een vliegensvlugge smid met een ponshamer aan het werk was. Het getinte zijraampje spatte uiteen, en ook van de buitenspiegel vlogen stukjes kunststofbekleding af. Het speet me voor de Beierse autofabrikant die zo trots was op zijn zorgvuldige handwerk. Maar ik corrigeerde dat beeld meteen. Ik wist dat zo'n spiegel werd vervaardigd door een of andere Turk die de armoede in zijn eigen land was ontvlucht en die alleen maar een lasrobot bediende, zonder erbij stil te staan dat hij een individueel onderdeel maakte, iets unieks, voor iemand die echt bestond.

Het geratel van de mitrailleur weergalmde in de hal. Het mechanische gekletter probeerde nog boven het scherpe geluid van de schoten uit te komen; de bij de machinale vervaardiging losjes aangebrachte onderdelen van het slot sloegen heen en weer terwijl het geweer de patroonband opslokte en de lege hulzen uitspuugde op de grond.

Ik vuurde nog een korte serie af en brulde toen: 'Deur dicht!'

Het was stil. Ik zette de mitrailleur terug op zijn onderstel, haalde diep adem en ontspande mijn schouders. Mijn armen trilden. Het was echt heel stil.

Achtentwintig

Mijn mobieltje rinkelde, wat ik bijna als storend ervoer. Op het display stond *Aljosja belt*. Ik probeerde met mijn verdoofde vingers het juiste knopje in te drukken.

'Het komt niet echt gelegen nu,' zei ik meteen.

'Joh, dat heb ik in de gaten. Ik sta ook hier in Tattarisuo, met ene Christo, een Bulgaar.'

Ik hoorde hoe Aleksej tussendoor iets in het Russisch zei, waarna hij zich weer tot mij richtte.

'Hij kwam de winkel in gelopen en bood een paar duizend overgebleven cd's aan, heel voordelig. Ik heb beloofd dat we ze nemen en wilde ze naar de loods brengen. Maar hier is godverdomme een oorlog aan de gang. Ja ja, zit nou effe niet te bazelen. Sorry, die Bulgaar begint wat opgewonden te raken. O, we rijden net het terrein op,' zei Aleksej nog terwijl ik door het raam al kon zien dat er een groene vrachtwagen, een chagrijnig ogende Renault, de weg naar de loods in draaide en met zijn aanhanger meteen ook even twee Harley-Davidsons omver veegde. Een van de motoren bleef aan de carrosserie van de oplegger hangen en werd een eind meegesleept, om uiteindelijk onder de achteras te verdwijnen.

De Bulgaar zette de truck enigszins scheef voor de loods neer. De mannen waren zo slim om allebei aan de veilige kant uit te stappen, die van de bestuurder, en beenden de hal in.

'Proletariërs aller landen, verenigt u,' groette Karpov Aleksej plechtig; de Bulgaar moest het doen met een Russisch 'goedenavond'.

'Uitstekend moment voor een zakelijke transactie,' prees ik mijn broer. 'We worden omsingeld, er bevindt zich een agent in ons gezelschap en jij komt met een vrachtwagen vol illegaal gekopieerde muziek aanzetten. Met nog een of ander panfluitist in je kielzog ook.'

'Dat zijn Roemenen,' begon Aleksej.

'Wat zijn godverdomme Roemenen!' brulde ik.

'Die panfluitisten, Georg Zamfir en zo. Deze hier komt uit Bulgarije.' Aleksej wist weer eens niet van ophouden.

'Ben jij soms een racist, Viktor? Dat je iemand op die manier een stempel opdrukt?' bemoeide Korhonen zich ermee.

'Hartstikke essentieel gespreksonderwerp nu, politieke correctheid. Maar jij zult wel denken dat lijden loutert: trap me in mijn gezicht, dan heb ik alle kroeskoppen lief,' preekte ik. De truckchauffeur keek paniekerig. Ik glimlachte tegen hem en legde in het Engels en het Russisch uit dat hij zich geen zorgen hoefde te maken, er was alleen een beetje onenigheid, een misverstand, gebrekkige communicatie, even wachten, dan was alles weer in orde.

'Nou ja, uiteindelijk is het niet de schuld van je makker dat ie hier is beland,' schonk ik Christo-de-Bulgaar absolutie terwijl ik Aleksej doordringend aankeek. Hij spreidde zijn armen uit en imiteerde mijn mimiek. Ik hief waarschuwend mijn vinger op. 'Wat mij momenteel meer interesseert is hoe onze strategie er vanaf nu uitziet.'

De groep mannen langs de kant van de weg leek over hetzelfde onderwerp na te denken. Ze stonden in het zicht, waren weer tevoorschijn gekomen uit de greppel waar ze dekking hadden gezocht toen ik was begonnen te schieten. Voor zover ik kon zien had niemand een raketwerper op zijn schouder. Te midden van de discussiërende groep ontwaarde ik Nazarjan. Hij zette een paar passen opzij.

Mijn mobieltje rinkelde opnieuw. ''t Is drukker dan in de haven van Primorsk,' zei ik toen ik opnam. 'Hallo.'

'Viktor, met Oleg. Laten we ophouden met deze dwaasheid, met dit grove geschut. Ik kom naar jullie toe om te onderhandelen. Ik vertrouw erop dat je me niet zult doden. Ik kom ongewapend.'

'Oké. Trek je jas uit. Loop zodanig dat je handen je lichaam niet aanraken. Ik roep je nadere instructies toe wanneer je vlak bij de deur bent,' legde ik hem uit.

Hij hield duidelijk zichtbaar zijn jas omhoog, legde hem op de motorkap van een zwarte Audi en ging op weg. Toen hij nog tien meter te gaan had, riep ik door het ventilatieraampje dat hij moest stoppen, zich langzaam moest omdraaien en vervolgens achterwaarts verder moest lopen naar de deur. Karpov deed open; Nazarjan stapte zonder te weifelen over de hoge metalen drempel.

'*Dobryi den*,' zei hij hoffelijk. Karpov stond bij de muur, Aleksej en de Bulgaar leunden tegen een stalen bureau en Korhonen zat op de trap. Nazarjan liet zijn blik rondgaan en knikte iedereen beleefd toe.

'Ik ken niet iedereen hier, maar dat hoeft ook niet,' zei hij. 'Sorry voor die knal van daarnet. Dat was maar gewoon een eenschotswapen; we wilden laten zien dat het ons menens was. Maar het spijt me zeer. Al heb je ons van hetzelfde laken een pak gegeven.' Zijn berouwvolle blik ging moeiteloos over in een glimlach. 'Spullen zijn maar spullen. Die jongens daarginds treuren om hun motoren maar ze begrijpen vast wel waar hier de prioriteiten liggen.'

Hij hield zijn hoofd schuin en drukte zijn handen tegen zijn borstkas met de vingers tegen elkaar aan; vervolgens maakte hij ze weer los van elkaar.

'Tot zover de filosofie. Uit Sint-Petersburg hebben we eenduidige instructies ontvangen om de Vogelman te elimineren. Met de niet-expliciete, en ik benadruk: niet-expliciete aanbeveling om jou in leven te laten. Nou goed, dat heb ik geprobeerd. En ik schiet ook liever geen agenten dood, daar zou alleen maar onnodig ophef over ontstaan. In dit land. Maar je begrijpt toch wel dat wij in de meerderheid zijn. Dus of je overhandigt dat lichtgewicht vrijwillig aan ons, of we maken deze loods met de grond gelijk.'

Ik wist dat dat geen grootspraak was van Nazarjan, en eigenlijk was het niet eens een dreigement. Hij constateerde gewoon een feit. En ik wist ook dat hij al complete woonwijken of dorpen met de grond gelijk had gemaakt in Afghanistan, en misschien ook in Tsjetsjenië en Nagorno-Karabach.

Een opslagloods in Tattarisuo stelde niet veel voor. Maar mij en Karpov was de loods dierbaar.

'Laat me met hen meegaan. Dat is beter,' hoorde ik Matti Kiuru zeggen, voor het eerst sinds vele jaren in het Russisch. Hij was naast Korhonen boven aan de trap verschenen.

Nazarjan begon te lachen, maar hij klonk niet triomfantelijk, eerder verbijsterd en vol ongeloof. 'Och lieve vrienden en familie. Dit is dus jullie Vogelman,' zei hij snerend.

'Dus dit genie zou een heel drugskartel leiden? Hij mag al blij zijn als het hem lukt zijn veters te strikken en tegelijkertijd naar zijn mp3-speler te luisteren. De Vogelman is Eino Kiuru,' zei hij nadrukkelijk, waarna hij opnieuw in lachen uitbarstte. Hij schudde zijn hoofd en liep weg, en het interesseerde hem voor geen meter dat Karpov en ik beiden een pistool in de hand hielden. De deur sloeg dicht, en Nazarjans lach stierf weg.

Negenentwintig

Ik wist dat we aan de late kant waren, maar geloofde evenmin dat Nazarjan en zijn mannen er wel in zouden slagen op tijd te komen.

De parkeerplaats in Länsimäki stond vol met politieauto's met blauwe zwaailichten op het dak. De walkietalkies ratelden door elkaar heen terwijl agenten in kogelvrije vesten vanuit de trappenhuizen de asfaltpaadjes rond de flat op renden en het doolhof aan warrige struiken in doken.

Ik liep achter Korhonen aan, die brulde en met zijn insigne zwaaide wanneer iemand hem niet herkende. We liepen de trap op naar de tweede verdieping. Een man in een lichtgekleurde broek zat op zijn knieën bij de voordeur van de Kiuru's; hij was met een penseel bezig de deurpost te onderzoeken op vingerafdrukken en deed dat zo geconcentreerd dat zijn kleine bril op de rimpels in zijn neusbrug leek te rusten.

'Hoe zijn ze binnengekomen? Kom je dat te weten?' Korhonen boog overdreven ver naar voren om een blik op de deur te werpen. Die was helemaal versplinterd; in het portaal lag een korte koevoet. De man in de lichte broek keek Korhonen geïrriteerd aan, over zijn brillenglazen heen. 'Misschien kun je even oppassen, voordat je alles door de war brengt,' zei hij op een vermoeide toon, alsof hij het tegen een puber had. Korhonen liep naar binnen, ik ging achter hem aan.

Ik had nog bij de opslagloods geprobeerd de Kiuru's te bellen, maar bij hen thuis werd niet opgenomen. Het mobieltje van vader Antti ging acht keer over voordat een hijgende en voorzichtige stem zei: 'Hé Viktor, hoe gaat ie?' Antti was ver weg in Vihti bezig tegels te leggen, en hij klonk betrapt toen hij vertelde dat zijn buurman hem had gevraagd een handje te helpen bij de renovatie van zijn zomerhuisje. Ik onderbrak hem, zei dat het nu even niet om tegeltjes ging maar om een van zijn zonen, waarop Antti verbaasd vaststelde dat zijn kroost mij wel bezighield de laatste tijd.

Ik legde uit dat ik me had vergist en dat niet Matti in de problemen zat, maar Eino. Ik vroeg waar ik Eino te pakken kon krijgen. Dat wist Antti niet. Naar het scheen logeerde zijn zoon een aantal dagen bij een kameraad, hij had een sms'je gestuurd met de hartelijke groeten en de mededeling dat alles in orde was. Ik raadde Antti aan zich zo snel mogelijk huiswaarts te begeven en zei dat het me verstandig leek als mama Olga haar bezoek aan familie in Priozersk nog even verlengde. Ik drukte op het plaatje met de rode telefoonhoorn en bleef niet staan luisteren naar het gestamel van vader Kiuru.

Ik had Korhonen opgedragen om versterking te vragen. 'In Länsimäki,' had ik eraan toegevoegd toen hij me alleen maar aangaapte. Toen pas had ik beseft dat hij met uitgestrekte hand wachtte tot Karpov hem zijn mobieltje terug zou geven.

De politie was naar het scheen met gillende sirenes gearriveerd, inclusief mobiele eenheid. Maar ter plaatse werden alleen nog maar vingerafdrukken aangetroffen op deurkrukken, vezelresten op de kapotte deur en voetsporen in de bloemperken. De buren waren zo wijs geweest hun deuren, ogen en oren te sluiten. Niemand had iets gemerkt toen het slot in de voordeur van de Kiuru's er met een ijzeren stang uit werd geslagen en de deur zelf aan splinters werd geramd. Tegelijkertijd was er een man op het balkon op de tweede verdieping geklommen, die het vensterglas had ingeslagen en naar binnen was gesprongen. Een oudere vrouw in de flat ertegenover had dat in ieder geval nog gezien en durven vertellen. Alle andere bewoners in dat gebouw heetten haas en wisten van niets.

Ik was er zeker van dat de troepen van Nazarjan van tevoren op de hoogte waren geweest van het feit dat Eino Kiuru niet thuis was. Zijn achtervolgers hadden geweten dat ze met lege handen zouden terugkeren, maar hadden de woning desondanks grondig en op professionele wijze doorzocht. Op die manier hadden ze ook hun kracht getoond. In iedere kamer van het appartement was wel iets kapotgemaakt, willekeurig en slordig.

Appartement. Flat. Of je eigen stekje, mijmerde ik. Ik observeerde Korhonen en de agenten die de sporen onderzochten. Ze gebruikten vakterminologie, hadden het over alles behalve over een eigen stekje dat was geschonden, vernietigd, verkracht bijna.

Dertig

Zwijgend reden Korhonen en ik terug naar de loods in Tattari-suo. De lucht boven het erf en de bermen trilde door de druk-kende hitte. De doorzeefde auto en de ingedeukte motoren waren verdwenen, de verbrande geur van kruit en wapenolie was vervlogen.

Aleksej en Matti Kiuru bevonden zich in de loods en waren bezig cd's op een stapel in de rekken te leggen.

'Groetjes van Karpov, die is weer vertrokken,' deelde Aljosja mee. We hebben de bmw de hal in gesleept en de motoren van die jongens ook. Het leek me dat ze zo minder de aandacht trokken. Niet dat hier veel volk rondloopt op zaterdag,' legde hij minzaam uit. 'O ja, en dat gat in de muur heb ik verstopt ach-ter een stuk spaanplaat. En die Bulgaar gaf nog eens een flinke korting op deze cd's. Die vent had het echt wel vet benauwd. Hij heeft niet lang in de buitenspiegels gekeken toen hij eindelijk achteruit het erf af kon rijden.'

Ik liep naar Matti toe en ging op het metalen bureau zitten. Hij haalde de cd's uit de doos, zoveel als hij in één keer met één hand kon vastpakken, sorteerde de muziek en maakte daar sta-peltjes van en gaf die vervolgens aan Aleksej, die ze in de schap-pen zette. Hij werkte zorgvuldig en nauwkeurig, keek niet op of om.

'Wil Mattipatti niet weten of zijn broertje thuis was toen we daar aankwamen?' Ik greep hem bij zijn pols en wachtte tot hij mij aankeek. 'Ach nee, dat hoef je niet te vragen, want dat weet je maar al te goed. Wel godverdomme! Ik ren als een gek in het rond, stel overal vragen, reis af naar Sint-Petersburg om god-domme nog aan toe met een batterij killers te onderhandelen, en deze grote jongen zit alleen maar stom te grijnzen.'

Matti luisterde met een uitdrukkingsloos gezicht en glimlachte toen. 'Och Viktor toch. Is dat je grootste probleem
geweest, dat je een reisje moest maken? Ben je soms een lucra-
tieve opdracht in de bouw misgelopen daardoor?' Hij stak de
draak met me, kil, alsof we twee mensen waren die al te lang
met elkaar zijn getrouwd. 'Ik wist het inderdaad, maar ik kon
niets zeggen. Eino is mijn broer. Mijn jongere broertje, al leek
het misschien altijd alsof hij de oudste was. Hij luisterde niet
naar mij, ik heb hem heus wel gewaarschuwd, maar opeens begon het allemaal enorme dimensies te krijgen. Te groot voor
mij in ieder geval. Ik hield me stil. Ik dacht, misschien gaat het
allemaal wel goed, misschien loopt het wel gewoon. Ik hoopte
alleen maar dat het geen ellende of verdriet zou veroorzaken
voor papa en mama.'
Ik liet zijn arm los, niet wetend wat ik moest zeggen.
'En wat zou je hebben gedaan als ik het wel had verteld? Je
was vast naar Eino toe gegaan: ach arme Eino, liever, ik zal je
wel beschermen. En die geschifte agent zou jou daarbij hebben
moeten helpen?' Hij bleef maar klappen uitdelen. 'Eino is ervandoor. Ik weet niet waarheen. En dat is maar beter ook zo.' Ik
voelde me als een autowrak dat in een schrootpers tot oud ijzer
wordt verwerkt.
Ik zweeg en wist dat Matti gelijk had.
Het was tijd om terug te keren in de realiteit. Ik gooide Aleksej
de sleutels van de Mercedes toe.
'Gaan jullie maar naar huis, jongens. En Matti, probeer je vader van dienst te zijn, jullie hebben nieuwe deuren nodig. Zoek
hier maar tussen de spullen als de woningbouwvereniging geen
andere kan regelen,' wist ik uit te brengen.

Ik deed de loods op slot en gaf nog een ruk aan de deurkruk om
er zeker van te zijn dat hij ook echt dicht was. Vervolgens wees
ik Korhonen de weg naar een bospaadje dat in een hoek van
het perceel waar de loods op stond begon en waarlangs je op
het pad belandde dat om het vliegveld van Malmi heen liep. De
rand van het industrieterrein werd omzoomd door een greppel.
Een dun stroompje water glansde metaalkleurig in het licht. Er

lag een plank over de sloot. Ik ging er als eerste overheen.

'Lukt het?' Ik bleef met uitgestrekte arm staan wachten, zoals je doet wanneer je een vrouw helpt.

'Krijg toch de klere, kloothommel, zo'n verfrissend bergstroompje,' gromde Korhonen terwijl hij op zijn leren schoenzolen over het smalle bruggetje glibberde.

Het was aangenaam koel in het bos. Het sluipweggetje kwam uit op het trimpad, kronkelend tussen wilgenstruiken en berken met witte stammen. Goed hout voor de sauna, dacht ik. Vellen en in stukken van een meter zagen, dan in blokken hakken en die opstapelen en de boel gedurende de wintermaanden laten drogen.

'Jij had een sauna-afspraak,' bracht ik Korhonen in herinnering.

'Klopt,' zei hij kortaf. Hij liet zijn jasje aan één vinger over zijn schouder hangen en stapte traag verder, als een onwillig kind.

'Wat is er toch in vredesnaam met je aan de hand, Korhonen?' waagde ik te vragen. 'Godsamme, dan heb je het als man helemaal voor elkaar, werk, een woning, gezonde kinderen, een echtgenote en alles, maar dan nog weet je niks beters te doen dan met een arrogante kop rond te lopen en je aan allerlei vergif te goed te doen. Weet je, Teppo jongen, dat noemen ze nou zelfdestructief gedrag,' drong ik verder aan; ik had hem zelfs getutoyeerd.

'Ach, heb je ook psychologie gestudeerd daar in Leningrad? Als tussendoortje bij de lessen marxisme-leninisme? Of was klassenbewuste toestellengymnastiek je hoofdvak?'

'Krijg de pleuris. Maar zonder gekheid: dat is niet gezond hoor, wat jij allemaal uitspookt. Heb je een burn-out of last van stress of een algeheel klotegevoel?' bleef ik hem jennen.

'Zonder gekheid,' praatte hij me na, 'het leven zelf bezorgt me stress. Ik heb toch verteld dat mijn vader een zondagsschool leidde... Glimmende plaatjes met jezussen die vanaf de rand van een wolk op me neerkeken, en de paadjes die een kind betreedt zijn glad. Maar een engel hield de wacht en zorgde dat ik niet de sloot in liep. Had ie me ook maar een normale vorm van onderwijs gegeven. Asfalt is pas echt glibberig.'

We gingen aan de kant voor een paar mannen van middelbare leeftijd die over het pad hardliepen, en Korhonen ging verder, milder nu: 'Hier voel je jezelf echt een bijzondere jongere. Help me, Anneli Tempakka.'

Ik wist niet waar Korhonen naar verwees, maar ik vermoedde dat het iets te maken had met de moeizaam voortzwoegende joggers.

'Dit is iets wat jij niet kunt begrijpen. En het gaat jou ook niets aan. Dus laat het onderwerp maar rusten, dit is gewoon mijn geheel persoonlijke pijntje.'

We liepen plechtig verder, alsof we een doodskist volgden. We kwamen bij het einde van het vliegveld aan. De berkenbosjes werden dunner en maakten plaats voor braakliggende velden waar een geur van droogte overheen hing. Een sportvliegtuig cirkelde door de lucht. Ik blikte omhoog en wachtte op het moment dat het als een wit puntje zichtbare toestel de bontgekleurde parachutes zou uitstrooien.

Korhonen drukte zijn kin op zijn borst en vervolgde zijn uitleg: 'Die lui rennen en denken ondertussen na over de vraag of ze hun Nissan Almera zouden moeten inruilen voor een nieuwe. Hoe moet ik m'n vrouwtje dat aan d'r verstand brengen, we hebben met de oude nog maar vijfenvijftigduizend kilometer gereden. Maar je krijgt er nog veel voor terug, en met airco en een cd-radio op de koop toe. Daar draait hun leventje om.' Korhonen schudde zijn hoofd en trok een ongelovig gezicht. 'Tjonge, ik begin echt helemaal op dreef te raken nu. Ze doen hard hun best om hogerop te komen, om verkoopmanager of senior controller te worden, een titel waar je ouwe opoe geen donder van begrijpt, om een chef zonder één enkele ondergeschikte te worden. Of ze kopen speakers en een subwoofer voor hun home theatre zodat je de bassen in je reet voelt dreunen en je haar rechtop gaat staan als je ernaar luistert. De kinderen worden in een kinderdagverblijf geplaatst waar de nadruk wordt gelegd op persoonlijke expressie; in de onderbouw draait alles om beleving, en daarna gaan ze naar een middelbare school voor beeldende kunsten. En al die tijd weten ze dat het kwaad en het onrecht bestaan, maar desondanks doen ze niets zinvols.

's Nachts worden ze dan wakker en denken ze: hoe zou het toch met Huttunen gaan, die op straat is gezet. Of: ik heb toch hopelijk in mijn slaap niets over die Elina gezegd. Of dochterlief komt vroeg in de ochtend thuis met ogen die glimmen als een navelpiercing en ze is absoluut niet slaperig.'

Ik had zin om te zeggen dat ik wel wist wat hij bedoelde. Ik had hem willen uitleggen en ervan willen verzekeren dat een mens gewoon niet de hele tijd alles goed kan doen. 'Maar het leven van heel gewone mensen is toch niet verkeerd, of een leugen. Dingen als voor de kinderen zorgen en het gezin en de liefde...' Het ontglipte me. Ik keek steels naar Korhonen om te zien of die iets lulligs ging zeggen, maar hij bleef serieus.

'Dat klopt. En ik wil ook niet cynisch zijn. Ook al ben ik dat wel. Maar dat is misschien ook zo'n soort vlucht, dat ik niet net zo durf te zijn als alle anderen,' zei hij terwijl hij tegen een denkbeeldige kiezelsteen trapte. 'Ik heb gewoon onrustig bloed. *Oroligt blod* in het Zweeds, met in de hoofdrollen Regina Linnanheimo en Eino Katajavuori. Da's een oude film,' legde hij uit toen hij zag dat ik ook die niet had begrepen.

We verlieten de trimbaan en liepen het fietspad naast de weg op. Achter op de oude akkers in stadsdeel Fallkulla werd gebouwd aan nieuwe sociale problemen, flats in een ononderbroken leegte. Aan de andere kant van de weg, achter de industrieloodsen, lag een uitgestrekte vlakte, waar het graan golfde in de wind en geel begon te worden ten teken van de naderende rijpheid.

'Als ik naar het platteland zou verhuizen, zou ik iets gaan verbouwen. Dat zou iets van eeuwigheidswaarde hebben,' zei Korhonen geestdriftig. Hij liet de voorbij zoevende auto's zijn idylle niet verstoren. 'Al heb ik daar natuurlijk geen verstand van. En Ellen zou ook niet aan de slag willen bij het bureau voor geestelijke gezondheidsvraagstukken in een of ander dorp. Dus daar gaat m'n visioen,' ging hij verder. 'Oké, hou je goed. Ik ga naar de sauna. Ik zal me erdoorheen slaan als een vent, door een avondje thuis.'

We gaven elkaar de hand. Korhonen ging verder in de richting van Malmi, ikzelf vervolgde mijn weg over de straat die slingerend naar Tapanila voerde en daarvandaan naar de brug over het spoor liep. Ik keek Korhonen achterna. Hij zette regelmatige, rechte stappen. En ik dacht: bij hem in de familie worden ze niet oud.

Eenendertig

Bouwondernemer Veikko Luoma zat achter zijn bureau, in een iets te lage stoel, in de garage van zijn bungalow die was omgebouwd tot kantoor. Het was er schemerig; de lage ramen vlak onder het plafond werden overschaduwd door een sparren- haag, en de wandpanelen die voor donker hout moesten door- gaan absorbeerden het kleine beetje licht.

'En wat komt aannemer Kärppä ons vertellen?' zei Luoma met zijn kenmerkende, metaalachtige stem; hij leek niet ver- rast.

'Ik heb allerlei vervelende dingen gehoord,' zei ik zonder om- haal terwijl ik onuitgenodigd op de voor cliënten bestemde stoel ging zitten.

'Juist ja. En wat voor vervelende dingen zijn dat dan wel?' Aan zijn toon te horen bereidde hij zich voor op een rondje ou- welullenpraat. Hij toetste met een stijve wijsvinger getallen in op een rekenmachine en hield in zijn andere hand een bundel- tje kassabonnetjes onder zijn duim geklemd. De rekenmachi- ne maakte een ouderwets, traag tikkend geluid en sloeg bleke cijfers op papier dat zich van een rolletje afwikkelde. Het leek alsof Luoma altijd dezelfde kleren droeg: een keurig gestreken overhemd met korte mouwen en een lichtbruin vestje met een heleboel zakken. Hij droeg een pilotenbril met ongetinte gla- zen; zijn ogen keken waterig.

'Sta me toe een eind te maken aan het gelul nog voordat je ermee kunt beginnen,' zei ik zachtjes. Luoma luisterde. 'Je bent naar het schijnt bezig de kas te legen, en wel zodanig dat het lijkt alsof je binnenkort failliet gaat.'

'Aaaach, de conjunctuur is in beweging. Maar er zal altijd worden gebouwd, nietwaar. Misschien dat het er even naar uitzag dat er een acuut liquiditeitsprobleem zou ontstaan,' draaide Luoma om de hete brij heen.

'Ik zei: kappen met dat gelul,' onderbrak ik hem. 'Mijn eigen vorderingen op jou zijn niet zo groot, ook al betaal je altijd te laat en treuzel je en spreek je altijd alles tegen. Maar die schulden kunnen we desnoods wel zo laten. Zo'n failliete boedel ziet er ook heel wat echter uit als er veel schuldeisers op de stoep staan.'

'Nou, crediteuren zijn er wel genoeg,' haastte Luoma zich te zeggen.

'Houd je muil. Het enige waar ik me namelijk zorgen om maak is het feit dat ik in jouw zomerhuisje woon. Of in het huis dat op jouw perceel staat, laten we het zo zeggen. En ik ben erg gehecht aan die locatie.'

Ik pauzeerde even. Luoma was nog niet ongerust, maar zijn gezicht was blauw aangelopen en begon naar paars te neigen, alsof hij bloeddrukproblemen had.

'Luister goed nu. Ik heb een aanbod voor je uitgedacht dat echt heel redelijk is,' beloofde ik hem. Hij dacht vijf seconden na en knikte toen.

Ik legde uit dat ik hem vijfentwintigduizend euro handje contantje zou betalen, gewoon omdat ik het hart op de juiste plaats had, omdat ik een oude man als hij niet tot de bedelstaf wilde veroordelen. En de rest van het geld, honderdduizend euro, zou van een bankrekening in Luxemburg worden overgemaakt, die weer op naam stond van een bedrijf dat in Monaco geregistreerd was, hier heb je de gewaarmerkte volmachten van alle personen met tekenbevoegdheid, alsjeblieft. Het geld werd heen en weer en op en neer geschoven. Bonnetjes waren er van Valeri Karpov-East Trade, V. Kärppä bv, Tammisto Houtbewerking, Isolatiebedrijf Makkonen, Plaatwerkers Helsinki-Oost en vele andere bedrijven, en facturen werden zowel via de bank als contant betaald. En als een of andere ongelukkige rechercheur van de afdeling witteboordencriminaliteit in het schemerdonker in de gaten kreeg hoe de keten in elkaar stak, kon hij op geen enkele manier bewijzen dat er sprake was van illegale handelingen. De onderaannemers hadden hun werk gedaan en hun geld ontvangen, maar uitgerekend dat laatste bedrijf in de keten was alleen in de afgesloten bureaulades van West-Europese juristen terug te vinden. Moest je je als drukbezette ondernemer ook daar nog mee bezighouden soms? Je mocht al blij zijn als je je opdrachten op tijd af had en je de rekeningen kon betalen.

Ik herinnerde Luoma eraan dat ik weliswaar een brave man was, maar dat als hij zijn perceel niet verkocht, hij een terugkeer in de bouwnijverheid wel op zijn buik kon schrijven. Natuurlijk kon je een verbod op het uitoefenen van commerciële activiteiten altijd wel omzeilen, maar met het type sancties dat ik oplegde zou hij nog geen tuinhuisje in elkaar weten te zetten, niet via een stroman of een nieuw bedrijf. Zijn werklui zouden het niet naar hun zin hebben op de bouwplaats, en ze zouden steeds gereedschap en andere benodigdheden kwijtraken, hun hamers, hun handspaken, tot en met hun allerlaatste Lecatherm-ingots.

Luoma legde zijn bril op tafel en wreef zich met zijn handpalmen in de ogen en over de wangen.

'Oké.'

Hij zette zijn bril weer op en ging akkoord met de deal alsof hij een kuub gehakte brandhoutjes had verkocht.

'Prima,' rondde ik de zaak af.

Luoma stelde verder geen vragen over het geld, dus vertelde ik hem niet dat de Luxemburgse rekeningen een paar jaar geleden mij waren toegevallen, toen mijn opdrachtgever Rysjkov om het leven was gebracht en er niemand was komen opdagen om de zakelijke erfenis te verdelen. Ik had na zijn dood gewacht op het moment dat iemand de rekeningen zou leeghalen of zijn geld kwam opeisen; ik had zelfs behoorlijk in de rats gezeten, maar meer uit angst om mijn eigen leven. Uiteindelijk was ik tot de conclusie gekomen dat de Luxemburgse reserves Rysjkovs persoonlijke pensioenfonds waren geweest, en dat niemand anders daarvan afwist. En die op dubieuze wijze verdiende gelden zouden nu naar het goede doel gaan. Naar Luoma en mij.

Tweeëndertig

'Het huis is in ieder geval solide. Hard en glanzend hout. Alleen hier moet je even naar kijken,' zei Juho Takala vol lof terwijl hij met een bijlblad manhaftig tegen de onderste rij balken klopte. Ik stemde met hem in en probeerde Marja's opa ertoe over te halen zich in de tuinschommel te zetten en even uit te rusten.

'Denk je potverdrie dat ik een watje ben ?' zei hij bars, maar hij wist zelf ook wel dat hij in deze hitte niet al te lang in de weer kon zijn. Hij trok zich van tijd tot tijd terug in de schaduw om even achteloos uit te puffen.

Juho had gehoord dat ik mijn huis ging opknappen en had gebeld met de mededeling dat hij hand- en spandiensten kwam verrichten; hij vroeg niet eens of ik wel hulp nodig had. In zijn rokende oude Peugeot diesel kwam hij het terrein op gereden, en hij vertelde dat hij om vijf uur die ochtend was vertrokken, omdat hij 's ochtends toch niet kon slapen. Hij deelde mee dat hij totaal geen verstand had van het bouwambacht, dat zijn zoon hem thuis verbood de stal te betreden en dat ze ook al twee keer groenvoer hadden ingekuild.

'En ik moet ook nog op controle,' zei hij om zijn komst naar Helsinki te rechtvaardigen; verder sprak hij niet over zijn kankeroperatie, en hij leek opgelucht te zijn. 'En aangezien Marja ook nog eens terugkeert uit Amerika...' Hij had de belangrijkste reden voor zijn reis als laatste uitgesproken. Er klonk genegenheid door in zijn stem, en ook ik was vol verwachting.

Ik stond bij een geul die om het hele huis liep en verdeelde gelijkmatig zand over de rioolbuizen. Een kleine wielgraafmachine bracht steeds een grijperbak vol zand om uit te spreiden, liet dat heel sierlijk direct op de kunststof buizen vallen. Matti Kiuru was samen met zijn vader bezig het geraamte van de aanbouw overeind te zetten. Matti droeg een Snickers-overall die glom van nieuwigheid, vader Antti zijn geijkte verbleekte werkbroek, een flanellen hemd en een pet met klep. Ook Aleksej was gekomen om te helpen bij de werkzaamheden, trots roepend dat hij zijn eerste zomervakantie in Finland doorbracht met werken, zijn broertje helpend bij de renovatie van diens huis. Ik observeerde Aljosja en Juho Takala. Ik hoorde niet wat ze zeiden maar kon wel hun gelach onderscheiden, en zag hoe ze achterover sloegen van de pret en vervolgens om beurten heen en weer liepen naar de muur van de sauna. Ze hadden een oud dartbord gevonden, een fenomeen waar ik in eerste instantie verbaasd naar had staan kijken, totdat ik me realiseerde dat pijltjes gooien een typisch Fins volkvermaak was.

'*Welk een leven hier in de loopgraven...*' hoorde ik iemand achter me zingen. Ik draaide me om en zag een paar glimmende schoenen, een spijkerbroek en een bekend ogend linnen jasje.

'Hallo Korhonen,' zei ik op neutrale toon.

'*Archeoloog, kom uit die kuil daar,*' wisselde hij van liedje. Ik wipte uit het gat. 'Kärppä maakt een zijrol als was hij Valeri Brumel,' zei Korhonen bewonderend.

Ik bood hem een sapje aan, maar hij sloeg dat af met een hoofdbeweging en stak een sigaret op.

'Prima weertje om te bouwen. Ik geloof dat hier een ventilerende houtconstructie onder zit, al zie ik daarginds ook een kelderverdieping,' sprak hij verbaasd; hij rookte rustig verder en trapte toen zijn peuk uit op de grond. 'Heb je iets over dat vogeljong gehoord?' vroeg hij recht op de man af.

'Nee,' antwoordde ik. Ik zag dat Antti Kiuru een blik in onze richting wierp. Matti leek zich te concentreren op een balk die hij op zijn plaats moest houden. 'Het enige wat ik weet is dat Matti vertelde dat hij een sms'je van een of ander vreemd nummer had ontvangen. Er stond in: *Sorry dat ik er een zootje van heb gemaakt. Het gaat goed met me en ik red me wel, Eino.* Het is ook voor Antti en Olga een bittere pil geweest. Ze weten niet of hun zoon nog in leven is en hoe lang nog, maar beseffen wel dat hij in ieder geval een groot aantal levens op zijn geweten heeft.'

'Tja. Is het erger de vader te zijn van de dader of van het

slachtoffer? Moeilijke vraag,' zei Korhonen; hij leek er serieus over na te denken maar toverde al snel weer een grijns op zijn gezicht. 'Hoe dan ook, jouw liefdesleven komt weer helemaal goed. Marja keert terug van de andere kant van de oceaan, klaar om de golvende velden te betreden, en de bruidegom knapt het landgoed op terwijl hij op haar wacht.'

'Hou nou eens op met ouwehoeren. En hoe brandt jouw minnevuur?' wist ik glimlachend uit te brengen.

Korhonen grijnsde terug. 'Goed dat je het zegt: onze IT-afdeling verwondert zich over het feit dat er een of andere vreemde kopieerfunctie is geactiveerd in mijn e-mailaccount, waardoor de berichten automatisch worden doorgestuurd naar een onbekend adres. Daar weet jij niet toevallig iets van af?'

'Ik heb geen idee. Er gaan naar het schijnt wel allerlei virussen rond.'

'Ach ja. Ik bedacht dat jij vast wel een of andere Rus-Secure-firewall en een paar antivirusprogramma's geïnstalleerd hebt op je computer. Misschien kun je die IT-gospodin van je eens vragen of hij mij ook kan helpen. Onze databeveiligingsmensen zijn van die nerds die zich volledig in hun werk verliezen. En daar heeft iedereen dan onder te lijden,' zei hij terwijl hij zijn lippen tuitte. 'Enne, je doet er verstandig aan je neus niet in mijn liefdesaangelegenheden te steken. Eigenlijk wilde ik je uitleggen dat die relatie platonisch is, maar arme jij denkt dan natuurlijk weer dat ik het over orale seks heb.'

Ik droeg Korhonen op zijn mondelinge en overige activiteiten ergens anders te ontplooien, in ieder geval niet op mijn perceel, en zei lachend dat het werk niet opschoot zolang we hier stonden te zwammen. Dat vond Korhonen ook en hij stond al op het punt te vertrekken toen hij zich nog even omdraaide naar de bouwplaats. De kleine graafmachine schepte onvermoeibaar de ene lading na de andere van de zandhoop.

'Die jongen is overigens wel handig zeg, met die Bobcat,' zei hij vol bewondering.